MEINUNGEN

„Ms. Hatler schreibt witzige, intelligente Dialoge, die einen beim Lesen immer wieder laut auflachen lassen."
— *Night Owl Reviews*

„Ms. Hatler macht einen fantastischen Job, indem sie ihre LeserInnen direkt in das Herz ihrer Story transportiert. Sie lässt sich einen fühlen, wie einen zusätzlichen Charakter und dabei zeigt sie immer eine große Portion Humor."
— *Katie's Clean Book Collection über Die Hoppla-Insel*

„Ich habe Susan Hatlers Liebesgeschichten schon immer geliebt ... doch diese Geschichte hebt alles auf ein neues Level."
— *Marsha @ Keeper Bookshelf über Der Weihnachtskompromiss*

„Eine wundervolle und perfekte Veröffentlichung, um einen stressigen und verrückten Tag hinter sich zu lassen."
— *Cafè of Dreams Book Reviews über Das freundlichste Festival*

„Susan Hatler ist die Beste, wenn es um süße Romcom geht und dieses Buch ist ganz oben auf meiner Favoritenliste."
— *YeahOrNeighReviews on Das eine Million-Dollar Date*

BÜCHER VON SUSAN HATLER

Serie: Ein neuer Versuch für ein Date

Das eine Million-Dollar Date

Das Doppeldate Desaster

Das Date mit dem Nachbarn

Das Rettungsdate

Das Fashiondate

Es war einmal ein Date

Das Insel-Date

Ein Date in der Stadt

Das Date-Versehen

Das Dekadenz-Date

Serie: Liebe in Christmas Mountain

Der Weihnachtskompromiss

Es war der Kuss vor Weihnachten

Ein zuckersüßes Weihnachten

Ein falscher Ehemann zu Weihnachten

Der Weihnachts-Wettbewerb

Serie: Die Hochzeitsflüsterin

Die Hochzeitsbrosche

Der Hochzeitsverbindung

Mein Hochzeitsdate

Die Hochzeitswette

Das Hochzeitsversprechen

BÜCHER VON SUSAN HATLER

Serie: Lieber ein Date als nie

Liebe beim ersten Date

Wahrheit oder Date

Mein letztes Blind Date

Rette dieses Date

Perfektes Date auf Umwegen

Lizenz zum Date

Zum Date getrieben

Hauptsache up to date

Ein Déjà-Date

Ein Date und nix wie weg

Serie: Blue Moon Bay

Das Zweite Chance-Inn

Das Schwesterschafts-Versprechen

Der Star-Traum

Das Freundschaftscottage

Die Weihnachtshütte

Die Hoppla-Insel

Die Hochzeitsboutique

Der Weihnachtsladen

BÜCHER VON SUSAN HATLER

Serie: Montana-Träume
Das freundlichste Festival
Das atemberaubende Abendessen
Die schönste Boutique
Der unvergessliche Berg
Die herrliche Hochzeit
Die glücklichste Wanderung
Die süßeste Überraschung

Jugendromane
Erschüttert
Das Herzblatt-Dilemma
Sieh mich

ES WAR EINMAL EIN DATE

SUSAN HATLER

ES WAR EINMAL EIN DATE

SUSAN HATLER

KAPITEL EINS

Nachdem ich all meinen Mut zusammengenommen hatte, um das Manuskript meines Liebesromans an den Verlag meiner Träume zu schicken, hatte ich gerade eine E-Mail mit einer Absage bekommen, in dem das Buch meines Herzens als unrealistisch, unvorstellbar und nicht druckreif bezeichnet wurde. Das nenne ich mal brutal. Man sollte denken, ich wäre gerade zu Hause, um meinen Kopf gegen meinen Laptop zu schlagen und zu schreien. „Ich verstehe nicht, warum du meinen Roman hasst! Was habe ich nur falsch gemacht, Welt? Was habe ich nur *falsch* gemacht?"

Aber nein.

Nachdem ich die schlimmsten Nachrichten meines Lebens erhalten hatte, dachte meine beste Freundin, es würde mich aufmuntern, sie zu einem Maskenball im Geoffries Hotel in der Innenstadt von Sacramento zu begleiten. Aufgrund des zuvor erwähnten Traumas kam mein verwirrtes Hirn nicht auf die Idee, die Einladung abzulehnen. Das war der Grund, weshalb ich gerade hinter

Krista aus einem Taxi stieg und mir wünschte, zu Hause im Bett mit meinem Kopf unter dem Kissen zu liegen.

„Verrätst du mir nochmal, wie es mir helfen soll, in einem überfüllten Ballsaal zu sein, während ich ein schwarzes Seidenkleid mit überkreuzten Strasssteinträgern trage, wenn ich mich am schlimmsten fühle—und wahrscheinlich auch so aussehe?", fragte ich und schloss die Taxitür.

„Du siehst fantastisch aus, Michelle", sagte sie und warf mir einen verständnisvollen Blick zu. „Und, zum tausendsten Mal, ich werde nicht zulassen, dass du alleine zu Hause bleibst und es dir wegen dieser einen Absage elend ergeht. Ein anderer Verlag wird dein Buch lieben und es kaufen; der *richtige* Verlag."

Ich seufzte. „Mein unrealistisches, unvorstellbares und nicht druckreifes Buch?"

Sie winkte abweisend. „Nur die wertlose Meinung eines nervigen Redakteurs."

„Prince & Company sind hoch angesehen", erinnerte ich sie. Wir schlenderten in unseren High Heels den Bürgersteig hinab, als mir plötzlich ein Käfer oder etwas dergleichen in mein Auge flog. Autsch! Ich blinzelte kräftig. War mein Tag nicht traumatisierend genug gewesen? Anscheinend nicht. Seufz. „Habe ich erwähnt, dass Prince & Company meine erste Wahl für einen Herausgeber für Liebesromane war?", fragte ich.

„Eine Trillion Mal", sagte Krista, die Lipgloss auf ihre Lippen auftrug, als sie kurz zu mir hinüberblickte.

„Man kann es nicht oft genug sagen", meinte ich, da sie nicht zu verstehen schien, was für ein schwerer Schlag diese Absage für meine zukünftige Karriere war. Meine

Hornhaut schmerzte stechend und ich rieb mir mein Auge in dem Versuch, die Fliege aus meinem Sichtfeld zu bekommen, als die Worte des Redakteurs wieder durch meinen Kopf hallten. „Unrealistisch, unvorstellbar und nicht druckreif. Das war sein *professionelles* Feedback zu meinem Roman."

„Naja, dieser Redakteur hat offensichtlich ein armseliges Leben und er will nur, dass alle anderen auch armselig sind. Ich meine, wie schwer ist es denn, lediglich „nein danke" oder „passt nicht zu uns" zu antworten? Nicht schwer. Und jetzt hör auf, dein Auge zu reiben, sonst siehst du noch aus wie ein Panda", sagte Krista zu mir und strich sich ihr langes, rotes Kleid glatt. „Wir beide können diesen Abend gebrauchen und werden ihn genießen. Du wirst schon sehen."

Ich seufzte und hoffte, dass sie recht hatte. Ich blickte durch verschwommene Sicht in ihre Richtung, in dem Wissen, dass ich die Ablehnung aus meinem Kopf verdrängen musste, damit ich ihr die Nacht nicht ruinierte.

„Du siehst aus wie Julia Roberts in *Pretty Woman*", sagte ich und bewunderte das rote, trägerlose Kleid, das jede einzelne ihrer Kurven betonte, bevor es graziös im Meerjungfrauen-Stil zu Boden fiel. Ich zwinkerte und wischte mit meinem Fingerknöchel an meinem Augenwinkel entlang. „Schick steht dir gut. Ich bin es gewohnt, dich in sportlicher Kleidung zu sehen, besonders in diesen Outfits aus der neuen Fashionably Fit-Modelinie."

„Was soll ich sagen? Ich bin vielseitig. Mal ernsthaft, hör auf, an deinem Auge zu reiben."

Ich zog eine Schulter hoch. „Und was, wenn ich wie ein Panda aussehe? Pandas sind doch süß, oder? Mit ihrem schwarz-weißen, flauschigen Fell sehen sie ganz weich und knuddelig aus, während sie oben auf der Spitze eines Berges Bambussprossen essen."

„Wir sind in Sacramento, nicht in China", merkte Krista an.

„Ich muss wirklich die Finger von den *Disney Nature*-Filmen lassen", sagte ich und schüttelte den Kopf.

„Du musstest heute Abend definit mal aus dem Haus."

„Wenn ich nur dieses Ding aus meiner Pupille bekommen könnte", sagte ich, riss meine Augen auf und blinzelte schnell, in der Hoffnung jenen Käfer zu entfernen, der unhöflicherweise meine Sicht behinderte.

Krista bleib vor dem Hotel stehen und warf mir einen beunruhigten Blick zu. „Du siehst aus, als hättest du auf eine Zitrone gebissen."

„Da ist etwas in meinem Auge. Das spüre ich."

Sie lehnte sich nah zu mir und starrte mir in die Augen. „Ich sehe nichts . . ."

„Fühlt sich an wie eine Fliege oder sowas", antwortete ich.

„Könnte es ein Staubkörnchen auf deinen Kontaktlinsen sein?"

„Wäre möglich . . ." Ich atmete tief durch, als mir eine brillante Idee kam. „Vielleicht sollte ich nach Hause eilen und meine Brille holen und dann—"

„Auf keinen Fall, das wird nicht passieren. Ich kenne dich zu gut, meine Liebe. Deine Brille zu holen ist lediglich eine Ausrede dafür, nach Hause zu gehen und dort zu bleiben. Du bist hier, um deine Probleme aus dem Kopf zu bekommen und Spaß zu haben, schon vergessen?"

„Da war irgendwas", sagte ich und nahm an, es war zu

spät, Kopfschmerzen vorzutäuschen und zu flüchten. Ich hatte keine Wahl, außer ihr durch die goldene Doppeltür des Geoffries Hotel zu folgen.

„Komm schon", sagte Krista und hakte sich bei mir an, als wir die Lobby betraten. „Im Handumdrehen bist du wieder gut drauf. Vertrau mir."

„Ich drücke die Daumen, dass du recht hast", sagte ich.

Meine schwarzen High Heels klackten auf dem Marmorboden der Eingangshalle, als wir an der Rezeption und danach am Portier vorbeigingen. Wir bogen links in die Richtung der Lounge ab und ich blickte hinauf auf eine gold-eingerahmte Werbung für die „Maskenball"-Veranstaltung der Saison. Warum hatte ich meine Märchen-Romanze nicht über einen Maskenball verfasst?

Vielleicht hätte der Redakteur diese Idee nicht gehasst.

..

Oder vielleicht war er nur eine armselige Person, wie Krista gemeint hatte. Ich hoffte, sie hatte recht. Ansonsten hatte ich die letzten acht Monate damit verbracht, ein Buch zu perfektionieren, das niemals das Tageslicht erblicken würde.

„Ob es nun Staub oder ein Insekt ist, meine Kontaktlinsen bringen mich gerade um", sagte ich und rieb mir beide Augen. „Oh, warte mal kurz. Ich glaube, ich habe meine Brille in meine Abendtasche gepackt."

„Ich weiß gar nicht, warum du heute Abend deine Brille nicht trägst. Sie steht dir."

„Naja, ich dachte, es wäre schwierig, eine Maske darüber zu tragen, aber mittlerweile bin ich verzweifelt."

„Sieh mal, dort ist die Damentoilette. Geh, nimm deine

Kontaktlinsen raus und setz deine Brille auf, damit alle im Ballsaal nicht dein Fischgesicht in Action sehen müssen."

„Danke. Da fühle ich mich gleich viel weniger verunsichert", sagte ich und verdrehte die Augen. „Mach dir um mein Fischgesicht keine Gedanken, Krista. Ich finde schon eine dunkle Ecke und nehme meine Linsen schnell heraus."

Die Wahrheit war, dass ich wirklich eine dunkle Ecke finden wollte, aber nicht, um meine Kontaktlinsen herauszunehmen. Ich hatte meinen Laptop in meine schwarze Tragetasche geschmuggelt. Ich wusste, ich musste mich hinsetzen und neue Anfrage-Schreiben an eine zweite Liste mit Verlagen schicken, die ich auf meinem Laptop gespeichert hatte. Nach dieser schmerzhaften Ablehnung verlor ich vielleicht noch die Nerven, zu versuchen, mein Buch veröffentlichen zu lassen, wenn ich diese neuen Anfragen nicht sofort herausschickte.

Als eine aufstrebende Autorin konnte ich nur so viele Messer ertragen, die auf mein Ego geworfen wurden. Ich meine, ich fühlte mich, als hätte dieser Redakteur mein Herz herausgerissen und es obendrein noch getreten. Nicht lustig, ganz und gar nicht lustig.

Ich blieb außerhalb des Ballsaals stehen und holte tief Luft.

„Weißt du was, Michelle?", fragte Krista grinsend und warf mir in meinem seidigen schwarzen Kleid einen abschätzenden Blick zu. „Du wirst eine fantastische Nacht haben und mir morgen dafür danken. Ich meine, du siehst aus wie Reese Witherspoon bei den Golden Globes . . . nur größer."

„Danke, oder so", sagte ich und dachte mir, dass sich

Reese offensichtlich nicht von einer Ablehnung hatte runterziehen lassen, sonst wäre sie wohl nicht dort, wo sie heute war. Ich musste mich zusammenreißen und weitermachen. Also holte ich meine elegante-aber-große goldene Maske mit ihren aufwendigen Strasssteinen und Federn heraus, schob sie vor meine juckenden Augen und band dann die schwarzen Seidenbänder hinter meinem Kopf zusammen.

Krista setzte sich ihre rote Federmaske auf und wandte sich mir zu. „Wie sehe ich aus?"

Ich warf ihr einen zweiten Blick zu und schüttelte den Kopf. „Gute Sache, dass ich mich nicht hier mit dir getroffen habe, sonst hätte ich dich niemals erkannt."

„Gleiches gilt für dich. Sehr elegant und mysteriös", sprach sie und gab mir einen Luftkuss auf die Wange.

Dann nickten wir dem Mann im Smoking zu, der die Tür zum Ballsaal mit einem Tusch öffnete. Die Musik, die außerhalb des Ballsaals gedämpft geklungen hatte, überkam uns, als wir die Halle betraten. Krista klatschte in die Hände und ihre Begeisterung brachte meine Mundwinkel zum ersten Mal heute dazu, nach oben zu zucken.

Für gewöhnlich liebte sie den Glanz und Glamour nicht, aber dieser Ball war eine Spendengala für *Founding Friendships*, eine Obdachlosenorganisation, bei der sie freiwillig tätig war.

Krista war in ihrer Kindheit nur knapp entgangen, auf der Straße zu leben. Sie hatte mir Geschichten davon erzählt, wie sie in einer Wohnwagensiedlung in Eureka, Kalifornien aufgewachsen war, wo ihre Mutter heute noch lebte. Ich hatte mich ein paar Mal freiwillig mit ihr bei

Founding Friendships engagiert und es wirkte tatsächlich wie eine würdige Organisation.

Eine Frau gegenüber im Raum winkte uns zu und Krista drehte sich zu mir.

„Ich glaube, das ist Jill Parnell, sie leitet *Founding Friendships*. Ich muss mit ihr über ein paar Dinge sprechen. Kommst du eine Weile alleine zurecht, während ich ihr hallo sagen gehe?"

„Natürlich. Lass dir Zeit. Tanz ein paar Runden und mach dir bitte keine Gedanken um mich", sagte ich und war erleichtert, etwas Zeit für mich zu haben, um mich mit meinem Laptop in einer dunklen Ecke zu verstecken. „Du hast deine Pflicht erfüllt. Ich bin aus dem Haus gegangen. Jetzt geh und hab Spaß."

„Okay, Süße. Wir sehen uns später."

„Sag Jill hallo von mir", meinte ich und nickte ihr zu, als sie davonging. Ein weiterer Grund, weshalb ich einen Stuhl suchen wollte, war, weil meine schwarzen Stilettos bereits an meinen Füßen drückten. Ich suchte den Raum nach einer Sitzmöglichkeit ab und entdeckte einen Cocktailtisch mit Stühlen an der hinteren Wand, der bis auf ein zurückgelassenes Champagnerglas frei aussah. Jackpot. Dieser Tisch gehörte *sowas von* mir.

Ich eilte um den Rand der Tanzfläche herum und zuckte bei jedem Schritt schmerzerfüllt zusammen. Es war ein Fehler gewesen, brandneue High Heels anzuziehen, aber Krista war zuvor mit mir bei *Shapely Shoes* shoppen gewesen (um mich außerdem aufzumuntern) und hatte darauf bestanden, sie mir als Dankeschön zu kaufen, dass ich zugestimmt hatte, heute Abend ihre Begleitung zu sein, nachdem ihre letzte Beziehung abrupt per SMS beendet worden war. Ich war sowieso der Meinung gewesen, dass sie nicht zusammengepasst hatten, aber wer war ich, darüber zu urteilen? Ich hatte seit über einem Jahr kein anständiges Date mehr gehabt.

Sobald ich den Tisch erreicht hatte, stellte ich meine Tasche ab und sah mich in dem opulenten Ballsaal um, während ich alles auf mich wirken ließ. Die Dekoration war beeindruckend. Runde Tische waren im Kreis um die Tanzfläche aufgestellt worden, jeder mit einer goldenen Damast-Tischdecke bedeckt und von Stühlen umgeben, deren hohe Lehnen aufwendig mit Schnitzereien verziert waren. Marmorböden erstreckten sich im ganzen Ballsaal von Wand zu Wand und der Rand der hölzernen Tanzfläche hatte ein hübsches *Fleur-de-lis* Muster.

Die Tanzfläche war mit maskierten Gästen gefüllt, die sich ausgelassen zur Musik bewegten und ihre Hüften schwangen. Ich entdeckte Krista, die mit Jill und einer Gruppe maskierter Damen auf der hinteren Seite der Tanzfläche zur Musik tanzten. Sie bemerkte, dass ich in ihre Richtung sah und ich winkte ihr zu, woraufhin ich auf meinen Tisch deutete. Sie nickte und warf mir einen Luftkuss zu.

Ich setzte mich dankbar hin, holte meinen Laptop heraus und stellte das halb-leere—oder halb-volle, schätzte ich, wenn man nicht so einen Tag wie ich gehabt hatte— zurückgelassene Champagnerglas auf die andere Seite des Tisches. Ich streifte mir meine High Heels unter dem Stuhl von meinen Füßen, seufzte erleichtert und öffnete meinen Computer.

Es war nicht so, als mochte ich es nicht, High Heels zu tragen. Tatsächlich war das Paar, das Krista mir gekauft hatte, traumhaft schön. Meine Füße waren es einfach nicht gewohnt, sie zu tragen, da ich nicht das Geld hatte, um elegante High Heels wie diese zu kaufen. Ich verbrachte die meiste Zeit in Leggings, übergroßen Pullovern und flauschigen Socken. Man nannte Leute wie mich nicht ohne Grund hungernden Künstler.

Ich tippte mein Passwort ein und als ich darauf wartete, dass meine E-mails luden, sah ich mich um. Die Stimmung war gut. Wenn ich aufgrund des Rückschlags meiner Manuskript-Ablehnung nicht so gestresst gewesen wäre, hätte ich wahrscheinlich meine Zeit mit Krista auf der Tanzfläche genossen.

Längliche, schmale Dekorationen, die wie Eiszapfen aussahen, hingen von der Decke und ich lächelte vor mich hin, da sie mich an mein liebstes Buch aus der Kindheit erinnerten, *Die Eiskönigin*. Es war ebenfalls unglaublich, all diese schönen Masken zu sehen, durch die man diese elegant gekleideten Gäste nicht erkennen konnte. Anonymität war gerade für mich in Ordnung, da das bedeutete, dass ich mein Manuskript in Frieden herausschicken konnte. Nach ungefähr zehn Minuten hatte ich bereits fünf Anfragen abgeschickt. Ein Hoch auf mich! Nehmt *das*, Prince & Company.

„Entschuldigen Sie", sprach eine rauchige männliche Stimme, unterbrach meine Gedanken und riss mich aus meinem fokussierten Arbeitswahn.

Mein Blick fiel auf einen Arm im schwarzen Smoking, der über den Tisch griff und das Champagnerglas nahm, das ich beiseitegestellt hatte.

„Oh, tut mir leid . . ." Meine Augen folgten der strahlend weißen Manschette, die unter dem schwarzen Ärmel hervorspähte. Der Duft von Designer-Parfum stieg mir in die Nase und ich atmete den berauschenden Duft ein. Lecker.

Mein Blick wanderte nach oben und mir blieb mein Atem im Hals stecken, als ich in die blausten Augen hinaufblickte, die ich jemals gesehen hatte, die hinter einer schwarzen Satinmaske funkelten. Die Lippen des mysteriösen Mannes waren voll und der Gedanke daran, ihn zu küssen, kam mir ungewollt in den Kopf.

Meine Wangen wurden warm. Reiß dich zusammen, Michelle.

In einer langsamen und gezielten Bewegung hielt er mir eine Hand entgegen. „Dürfte ich Sie zum Tanz bitten, Cinderella?"

Ich? Tanzen? Oh, ja...

Nein, warte. Ich biss mir auf die Unterlippe. Ich wollte ganz und gar nicht tanzen.

Ich hatte einen Plan ... einen Plan, mein Manuskript an jeden einzelnen Herausgeber auf meiner Liste zu schicken, um diesen dunklen Tag der Zurückweisung ein wenig zu erhellen. Ich wartete darauf, dass die Worte aus meinem Mund kamen und das süße Angebot des Mannes höflich ablehnten.

Als ich jedoch in diese faszinierenden blauen Augen sah, merkte ich, dass ich zum ersten Mal heute lächelte und sagte: „Aber ja, Prince Charming. Ich würde liebend gerne tanzen."

KAPITEL ZWEI

Der mysteriöse Mann nahm meine Hand und das Gefühl seiner Haut an meiner schickte ein Kribbeln meinen Arm hinauf. Wow. So hatte ich noch nie auf die Berührung eines Mannes reagiert. Naja, außer man zählte meinen festen Freund in der High School mit, der mein Herz zerschmettert und mich genau vor dem Abschluss sitzen lassen hatte (keine schöne Erinnerung).

Ich schlüpfte in meine High Heels, die augenblicklich an meinen Zehen drückten—so als ob die Designerschuhe aus Glas gefertigt waren, genau wie der Slipper der echten Cinderella. Autsch. Wie hatte sie es geschafft, diese Dinger die ganze Nacht zu tragen? Oh, richtig. Sie war animiert. Als ein nicht-animierter Mensch befahl ich meinen Füßen, es mindestens ein Lied lang mit diesem mysteriösen Mann auszuhalten.

Er führte mich vorbei an schick gekleideten Gästen hin zur Tanzfläche, bis wir unseren eigenen kleinen Platz fanden. Als er sich zu mir drehte, wurde der pochende Bass des schnellen Lieds des DJs langsamer und die ersten Töne von „Beauty and the Beast" erklangen. Celine Dion begann die ersten Worte zu singen und bald darauf setzte Peabo Brysons fantastische Stimme ein, die mir Gänsehaut auf den Armen bereitete. Oder vielleicht kam die Gänsehaut auch von diesem gutaussehenden Fremden, der mit diesen umwerfenden blauen Augen hinter seiner schwarzen Maske zu mir hinunterblickte.

Einer seiner Mundwinkel zog sich nach oben. „Wenn Sie doch nur ein gelbes Ballkleid tragen würden."

„Sie kennen dieses Lied?", fragte ich, hob meine Augenbrauen und sah ihn fragend an. Ähm, naja, zumindest so fragend, wie das mit einer Maske möglich war, die mein halbes Gesicht bedeckte. „Woher kennen Sie Disneys Belle?", fragte ich.

„Meine Nichte ist von der Disney-Prinzessin begeistert", antwortete er, bevor er mich sanft in seine Arme zog und dann auf eine Art mit mir zu der Musik wiegte, die meine Beine ganz weich werden ließ. „Ich habe ihr über die Jahre ein oder zwei Kleider zum Geburtstag gekauft."

„Wirklich?", fragte ich und dachte daran, dass sich der letzte Typ, den ich gedated hatte, nicht einmal *meinen* Geburtstag merken konnte. Nicht, dass das ein Date war. Nur ein Tanz. Doch trotzdem pochte mein Herz und das Atmen fiel mir ein wenig schwer, da er mir so nah war. „Es ist wirklich süß, dass Sie wissen, was sie mag."

„Ich habe so meine Momente", scherzte er.

„Naja, ich kann heute Abend sowieso nicht behaupten, Belle zu verkörpern . . ." Ich deutete auf meine strohblonden Haarsträhnen, die mir bis unterhalb der Schultern hingen. „Falsche Haarfarbe."

Er nahm ein paar Strähnen zwischen seine Finger und

beugte sich nach vorn, um sie sich genau anzusehen, bevor er sie wieder losließ. „Wie gesponnenes Gold.“

„Gesponnenes Gold, hm?“, fragte ich und versuchte, mir nicht anmerken zu lassen, dass mein Puls auf Hochtouren schlug. Ich blieb bei unserem Märchen-Motto und sagte: „Würde Sie das zu … Rumpelstilzchen machen?“

Einer seiner Mundwinkel zog sich nach oben, woraufhin er mein Haar erneut berührte und eine Locke in seiner Hand nach oben hob. *„Die mußt du noch in dieser Nacht verspinnen: gelingt dir's aber, so sollst du meine Gemahlin werden“*, sagte er und zitierte das Buch.

„Beeindruckend“, sagte ich, während ein köstlicher Schauer meinen Rücken auf- und ablief, als er den König aus der Geschichte rezitierte. Der Gedanke daran, die Königin dieses maskierten Fremden zu sein, ließ mir ein wenig zu schwindelig werden. Aber, ich meine, dieser Mann kannte seine Bücher und *das* war die sexyste Sache von allen.

Er kam ein wenig näher, als wir zu der romantischen Melodie tanzten. Ich wurde still. Das Gespräch über Märchen erinnerte mich wieder einmal daran, dass mein Buch von diesem einen Verlag abgelehnt worden war, auf den ich mein Herz gesetzt hatte. Ich kämpfte, um diesen deprimierenden Gedanken aus meinem Kopf zu bekommen, aber hatte nicht sehr viel Glück dabei. Wie sich herausstellte, verschwanden zerstörte Träume nicht einfach so während eines romantischen Märchen-Tanzes. Die Musik wechselte zu einem Lied, das ich nicht kannte, aber dieser mysteriöse Mann machte keine Anstalten, meine Hand loszulassen. Stattdessen trat er einen Schritt zurück und begutachtete mich, als ich zu ihm hinaufblickte.

„Warum so ein trauriges Gesicht?", fragte er.

„Ist das so offensichtlich?", fragte ich und wunderte mich, wie er mich so gut durchschauen konnte, während mein halbes Gesicht verdeckt war. Da ich die Stimmung nicht runterziehen wollte, zuckte ich mit den Schultern. „Nur einer dieser Tage, wissen Sie? Enttäuscht von der Arbeit, das ist alles."

„Wieso das?"

Ich holte tief Luft. „Ein Projekt, das ich abgegeben habe, war anscheinend nicht gut genug, also heißt es für mich zurück ans Reißbrett."

Seine Stirn legte sich in Falten. „Ich kann nicht glauben, dass jemand Sie ablehnen würde. Ihr Chef muss ein Idiot sein."

Ich wollte ihm gerade sagen, dass es nicht mein Chef war, aber dachte noch einmal darüber nach und entschied, die Dinge stattdessen positiv zu halten. „Also, Rumpel, erzählen Sie mir, sind Sie ein Unterstützer der *Founding Friendships*-Organisation? Oder sind Sie nur für den kostenlosen Champagner hier?"

„Wo wir gerade davon sprechen . . ." Er nickte einem vorbeigehenden Kellner zu, legte seine Hand um meine und führte mich zu dem kleinen, runden Tisch, an dem er mich vorhin gefunden hatte. Er nahm zwei Champagnergläser vom Tablett des Kellners und stellte sie auf dem Tisch ab. Dann bot er mir einen Stuhl an.

„Vielen Dank", sagte ich, setzte mich und schob mir meine Heels von den Füßen.

„Als Antwort auf Ihre Frage . . ." Er ließ sich auf dem Stuhl neben mir nieder und nahm einen Schluck Champagner, bevor er das Glas wieder abstellte. „Wenn Sie mich vor einer halben Stunde gefragt hätten, hätte ich gesagt, ich unterstütze die Organisation, aber ich bin unter anderem auch für den Champagner und die Canapés hier."

Ich neigte meinen Kopf zur Seite. „Und was wäre nun Ihre Antwort?"

„Dass ich den Champagner vergessen habe, bis Sie ihn erwähnt hatten."

Ein kleines Lächeln umspielte meine Lippen. „Und die Canapés?"

Er schüttelte den Kopf. „Jemand lenkt mich zu sehr ab, um an Canapés zu denken."

„Das nehme ich mal als ein Kompliment." Ich lächelte und trank dann einen Schluck meines Champagners. Dieser Kerl war zu verlockend. Es war so ungewöhnlich, dass ein Mann mein Interesse so wecken konnte.

„Schicker Laptop", sagte er und nickte in die Richtung meiner Tasche.

„Oh, ähm ..." Ich zuckte zusammen. Auf einmal schien es nicht mehr so eine gute Idee gewesen zu sein, heute Abend meine „Ich würde lieber lesen"-Tasche mitzunehmen. Ich dachte an meine raffinierte schwarze Satinhandtasche, die ich in letzter Minute auf mein Bett geschmissen hatte, als ich mein Zimmer verlassen hatte.

„Turn pages, not heads." Er begutachtete den Aufkleber darauf mit Interesse. „Zwischen den Zeilen lesen. Lesen, oder nicht lesen ... ist das überhaupt eine Frage? Erkenne ich hier ein Muster, Belle?"

Ich lächelte, da mir der Spitzname gefiel. Ich zog eine nackte Schulter nach oben. „Was soll ich sagen? Ich mag Bücher."

Seine Augen schnellten für einen langen Moment zu

meinen, bevor er seine Aufmerksamkeit wieder auf meinen Laptop richtete. „Und dieser hier?"

Ich sah zu, wie er mit seinem Zeigefinger auf den größten Aufkleber auf meinem Laptop tippte, welcher ein Foto von den wunderschönsten High Heels von allen war. Silber, glitzernd und weit außerhalb meines Budgets. Doch ich ließ ihn dort, als Inspiration. Eines Tages würden meine Schuhe kommen (und hoffentlich bequemer sein als das Paar an meinen Füßen).

„Ah, diese High Heels." Ich biss mir auf die Unterlippe und lächelte. „Manche Leute träumen davon, ein Haus, ein schickes Auto, oder ein Boot in St. Tropez zu kaufen. Ich? Ich träume davon, einen Schrank voller hübscher Schuhe zu besitzen und das werde ich auch ... eines Tages."

Ich erwähnte nicht, dass, wenn mein Manuskript nicht abgelehnt worden wäre, ein Teil meiner Vorauszahlung für diese wunderschönen Heels draufgegangen wäre.

Er kicherte. „Lesen und Schuhe. Sie haben definitiv interessante Prioritäten."

Ich hob eine Augenbraue und bereute es sofort, als meine Kontaktlinse wieder in meinem Auge schmerzte. „Schätze, es gibt viel über mich zu erfahren."

Er hob erneut ein paar meiner Haarsträhnen. „Zum Glück bin ich ein guter Schüler."

Mein Herz schlug einen Purzelbaum. Wie konnte dieser Mann, der mir völlig fremd war, es so schwierig für mich machen, normal zu atmen? Innerhalb einer Stunde war ich von *kein Interesse an Dates* zu *nicht wollen, dass dieses Date endete* —obwohl es kein richtiges Date war—gegangen.

Eine ältere Dame setzte sich an den Tisch und blickte dann überrascht und verwirrt zu uns hinauf. „Oh, entschuldigen Sie, meine Lieben. Ich dachte, das wäre mein Tisch. Ich muss mich geirrt haben …"

Ohne zu zögern stand „Rumpel" auf und streckte mir seine Hand entgegen, als ich wieder in meine High Heels schlüpfte. „Nein, der Tisch gehört Ihnen. Wir müssen ihn wohl verwechselt haben und sitzen am falschen Tisch." Er zwinkerte der alten Dame zu, die erleichtert wirkte. „Muss wohl der Champagner sein."

Als wir davongingen, spähte ich zu ihm hinüber. „Sie wissen, dass das unser Tisch war, oder?"

Er beugte sich nah an mein Ohr. „Ich habe es nicht übers Herz gebracht, ihr zu sagen, dass es der falsche war. Es schien mir netter zu sein, den Tisch aufzugeben. Ich hoffe, Sie haben nichts dagegen?"

Er hatte zu ihren Gunsten gehandelt? So süß!

„Habe ich etwas dagegen, dass Sie ein unglaublich aufmerksamer Gentleman sind? Ich würde nein sagen", meine ich und war von diesem maskierten Mann, der neben mir lief, fasziniert.

Gerade, als wir die Tanzfläche erreichten, blieb ich auf einmal stehen, woraufhin unsere vereinten Hände dazu führten, dass sich unsere Arme zwischen uns streckten. Er wandte sich mir mit einer erhobenen Augenbraue zu. Ich trat nach vorn, verringerte den Abstand zwischen uns und blickte in diese blauen Augen hinter der Maske. Ein liebevoller Onkel? Kannte seine Bücher? Überließ den Älteren die Tische? Er war wie ein Held aus einer modernen Märchengeschichte.

Vielleicht lag es daran, wie mein Tag verlaufen war und wie dieser Mann ihn plötzlich gewendet hatte, oder vielleicht war es die Art, wie sich meine Haut an seiner anfühlte, aber aus welchem Grund auch immer stellte ich mich plötzlich auf meine Zehenspitzen, schloss meine Augen und berührte seinen Mund mit meinen. Für einen Moment lang hielt er still, so als ob er von meiner Initiative überrascht war. Um ehrlich zu sein, war ich selbst ein wenig von mir überrascht.

Aber ein paar Sekunden später strich er mit seiner Hand über meine Wange und seine Lippen trafen auf meine. Sein süßer, anhaltender Kuss brachte meinen Kopf zum Wirbeln und ich schmolz dahin. Okay, wir kannten uns gegenseitig erst seit kurzer Zeit, aber ich wusste genug, um zu realisieren, dass man einem Mann wie ihm nicht jeden Tag begegnete. Als seine Lippen meine berührten, krabbelte mir ein Schauer den Rücken hinauf und es fühlte sich an, als wären wir auf einem realen Märchenball. Das fühlte sich wie eine romantische Szene aus meinem Buch an und ich fühlte mich völlig im Moment verloren—

„Da bist du ja, Michelle!", rief Krista, was mich zurückspringen und mein Herz aus einem ganz anderen Grund hämmern ließ. Sie hielt mir ihr Handy entgegen. „Sorry, aber es ist ein Notfall . . . dein Stiefbruder ist in einer echten Zwangslage, wenn du *weißt*, was ich meine."

„Was?", fragte ich, als ich gerade aus meiner Traumwelt kam.

„Er ist am Handy. Du redest mal besser mit ihm, und zwar jetzt."

Ich blickte hinauf zu „Rumpel", der freundlicherweise zurücktrat. „Ich gebe Ihnen etwas Privatsphäre", sagte er.

Ich nickte und atmete tief durch, als ich Kristas Handy an mein Ohr hielt. In was für Schwierigkeiten steckte Phillip nun schon wieder? „Hallo?", sagte ich.

„Michelle? Bist du es?", fragte Phillip. Am anderen Ende der Leitung hörte man jemanden schreien und ich hielt mein anderes Ohr zu, als ich mich von der Tanzfläche entfernte, um ihn neben der Musik besser hören zu können.

Ich runzelte die Stirn. „Phillip, was ist hier los?"

„Bitte, du musst kommen und mir helfen. Mein Vermieter will mich rausschmeißen. Er hat gesagt, ich habe diesen Monat vergessen, meine Miete zu bezahlen—"

„Hast du das?", fragte ich.

„Naja . . . ja", gab er zu. Im Hintergrund konnte ich den unflätigen Vermieter brüllen hören, dass er es letzten Monat „vergessen" hatte, sowie den Monat zuvor und dass er damit fertig war, nett zu ihm zu sein. „Aber es ist nicht meine Schuld, dass ich von meiner Arbeit entlassen wurde. Er wird mich rausschmeißen, wenn ich nicht sofort das Bargeld auftreibe."

„Willst du mich verarschen?", fragte ich und sog scharf Luft ein. Die Panik in seiner Stimme machte mir deutlich, dass das kein Spaß war. Ich hörte den Vermieter schreien, dass er die Polizei rufen würde.

„Er hat gesagt, die Polizei ist auf dem Weg. Bitte, Schwester. Ich brauche dich."

Mein Herz schmerzte, als ich eine Entscheidung fällte. „Okay, Phillip. Sag deinem Vermieter, dass er warten soll warten ich jetzt vorbeikomme. Versuche einfach . . . die Situation nicht noch schlimmer zu machen. Entschuldige dich, bis ich da bin."

Ich gab Krista ihr Smartphone zurück und drehte mich um, um mich von Rumpel zu verabschieden, aber er war nirgendwo zu sehen. Ich sah mich im gesamten Raum um, da ich mich noch bei ihm für den Tanz bedanken wollte. Ich konnte nicht gehen, ohne mich zu verabschieden.

Doch dann kam mir das Bild in den Kopf, wie Phillip ins Gefängnis geworfen wurde. Es blieb keine Zeit, nach dem Mann zu suchen, der meinen Tag gerettet hatte, da mein unverantwortlicher Stiefbruder in ernsthaften Schwierigkeiten steckte und ich ihn da rausholen musste— wortwörtlich, wenn ich nicht bald bei ihm ankam.

Schweren Herzens erzählte ich Krista rasch davon, was passiert war und entschuldigte mich dafür, dass ich gehen musste. Dann eilte ich aus dem Ballsaal, hielt ein Taxi außerhalb des Hotels an und hüpfte hinein. Ich wusste nicht, wie ich Rumpel eine Nachricht hinterlassen sollte, da ich seine Handynummer nicht kannte, geschweige denn seinen Namen. Enttäuschung überkam mich, als ich realisierte, dass es unwahrscheinlich war, ihn jemals wiederzusehen, dank meines verfluchten Stiefbruders.

Erst, als ich auf halbem Wege zu Phillips Wohnung war, bemerkte ich, dass ich meinen Laptop vergessen hatte.

KAPITEL DREI

Das Taxi hielt am Bordsteinrand außerhalb von Phillips Apartmentkomplex an, wo ich den Gehweg hinaufeilte und einen Anfall von Mitgefühl für meinen Stiefbruder bekam. Er schien Ärger zu haben und ich wusste, dass das an seinem Selbstwertgefühl gekratzt haben musste. Ich streckte meinen Finger aus, um bei ihm zu klingeln, als die Eingangstür sich öffnete und ein paar Männer hinausgelaufen, oder eher *gestolpert* kamen. Sie sahen mich von oben bis unten an und da dämmerte es mir, dass ich noch immer mein schwarzes Seidenkleid trug.

Overdressed für einen Donnerstagabend? Ich? Vielleicht ein wenig...

Als die beiden Typen auf den Bürgersteig abbogen, sah ich mich um und konnte keine Polizeiwagen entdecken. Außerdem kam Musik aus Phillips Wohnung. Sehr seltsam für jemanden, der kurz davorstand, verhaftet und aus seinem Mietobjekt geschmissen zu werden. Da die Tür noch immer offenstand, nachdem die beiden Typen gegangen waren, betrat ich das Gebäude und fand meinen Stiefbruder in der Küche.

„Schwesterchen! Willst du einen Drink? Ich feiere."

„Ich bin so schnell gekommen, wie ich konnte, Phillip", sagte ich und sah mich in der Küche um, aber niemand sonst war dort. „Wo ist dein Vermieter?"

„Hugo ist gegangen, als er gehört hat, dass du vorbeikommst, um mir wieder auszuhelfen", erklärte er und nahm einen Schluck aus seiner Bierflasche. „Du sollst zu seiner Wohnung gehen und mit ihm die Details klären."

„Ist das so?", fragte ich und schüttelte den Kopf. Er würde mit seinen Freunden trinken, während ich seine finanziellen Probleme löste, obwohl ich von meinem Abend mit dem interessantesten Mann, den ich je kennengelernt hatte, weggerissen wurde? Was stimmte hier nicht? Ich stieß meinen Atem aus, ging hinüber ins Wohnzimmer und stellte die Musik aus. „Du hast gesagt, dass die Polizei auf dem Weg ist, Phillip."

„Das hat Hugo mir gesagt. Schätze, er hat nur geblufft", meinte er und sah mich von oben bis unten an. „Was um alles in der Welt trägst du da? Du siehst aus, als hättest du in Mamas Kleiderschrank gewühlt."

„Ich war auf einer Spendengala im Geoffries Hotel, bis du mich hierherbestellt hast."

„Oh-oh. Du klingst aufgebracht", sagte er und verzog das Gesicht.

„Nein, ich bin *stinksauer*." Ich stemmte die Hände in die Hüften und versuchte, ruhig zu bleiben, indem ich bis zehn, nein bis *zwanzig* zählte. Kein Wunder, dass Mama ihn rausgeschmissen hatte, nachdem sein Papa—mein Stiefvater—ausgezogen war.

Phillip war seit der Scheidung niedergeschlagen, als sein Papa vor zwei Jahren gegangen war. Um ehrlich zu sein hatte ich Mitleid mit ihm. Ich erinnerte mich daran, wie ich mich gefühlt hatte, als meine Eltern sich geschieden hatten und es war nicht lustig gewesen. Obwohl Phillip nur drei Jahre jünger war als ich, hatte er mit fünfundzwanzig noch immer seine Finanzen nicht auf die Reihe bekommen. Das war eines der Dinge, worüber sich meine Mama und mein Stiefvater gestritten hatten.

Als Phillip vor sechs Monaten diese Wohnung gefunden hatte, hatte ich ebenfalls den Mietvertrag unterschrieben, damit er wieder auf die Füße kommen konnte. Das war etwas, was ich seither viele Male bereut hatte.

Als ich zurück in die Küche ging, bemerkte ich einen Stapel mit Einkaufstüten, die auf einem kleinen Sessel gestapelt waren und die Namen von manchen der exklusivsten Läden in Sacramento trugen. Ist da also Phillips Geld für die Miete hingewandert? Ein Designer-Kaufrausch?

„Ähm, ich will dich ja nicht hetzen, aber du solltest besser früher als später zu Hugo gehen. Vorhin war er ziemlich verärgert."

„Ja, ich erinnere mich an das Gebrüll", sagte ich und schüttelte den Kopf. „Die Party ist für heute vorbei, Phillip, ich meine es ernst."

Mit einem Seufzen stieg ich die Treppen hinauf zum Apartment des Vermieters und erfuhr dort, dass Phillip neuntausendachthundert Dollar Mietschulden bei ihm hatte. Ich schaffte es, die Wogen etwas zu glätten, indem ich ihm eintausend Dollar im Voraus anbot, was dem gesamten

Betrag meines Sparbuchs entsprach. Dann verhandelte ich einen Deal mit ihm, den Rest bis zum Ende des Monats zu zahlen. Phillip (oder wohl eher ich) hatten etwas mehr als zweieinhalb Wochen, um den Rest des Geldes aufzutreiben.

Als ich zu Phillips Wohnung zurückkehrte, war sie leer, bis auf ihn, der allein am Küchentisch saß. Er sah erwartungsvoll zu mir auf. „Alles geregelt?"

Ich nickte, fühlte mich erschöpft. „Du hast bis zum Ende des Monats, um ihm achttausendachthundert Dollar zu zahlen, sonst wirst du wirklich rausgeworfen. Ich habe ihm gerade einen Tausender gezahlt, um dir etwas Zeit zu verschaffen."

Er zog an dem Etikett seiner Bierflasche. „Dieses Mal werde ich es dir zurückgeben. Ich schwöre."

„Das wäre nett, da das mein gesamtes Erspartes war. Wenn du den Rest des Geldes nicht auftreiben kannst, dann sitzt du auf der Straße, denn ich habe keines mehr übrig, das ich dir geben könnte. Es wird Zeit, dass du erwachsen wirst, Phillip. Ja, dein Papa ist gegangen. Ja, er hat uns alle sitzen lassen, aber irgendwann kommt der Punkt, an dem du auf eigenen Beinen stehen musst. Du willst doch dein Leben nicht so leben, oder?"

„Du warst immer das brave Kind der Familie. Ich weiß nicht, wie du das machst", sagte er, während ihm Tränen in seine grau-blauen Augen schossen, die genau wie meine aussahen. „Du scheinst immer auf deinen Füßen zu landen. Schönes Apartment, Geld zum Ausgeben, schicke Partys, auf die du anscheinend gehst …"

„Zu deiner Information, ich war auf einer Wohltätigkeitsveranstaltung für Obdachlose, zu denen du letztendlich auch einmal gehören wirst, wenn du dich nicht zusammenreißt."

Er verdrehte die Augen. „Du klingst genau wie deine Mutter."

Ich ging zur Tür und drehte mich noch einmal um, bevor ich sie öffnete. „Ja? Nun, weißt du was, Phillip? Sie hat ein Dach über dem Kopf und Erspartes auf der Bank. Du solltest ihrem guten Beispiel folgen, anstatt sie zu kritisieren."

Er blieb still, aber der Muskel, der sich an seiner Schläfe anspannte, verriet mir, dass er mich gehört hatte.

„Gute Nacht, Phillip."

Er nickte. „Gute Nacht, Schwester."

Ich lief nach draußen und wollte mir gerade ein Taxi rufen. Dann überlegte ich mir es noch einmal und begann in meinen drückenden High Heels zu laufen, da ich nicht mehr genug Geld bei mir hatte, um meine Taxifahrt nach Hause zu bezahlen.

* * *

Nach meinem morgendlichen Lauf mit meiner Mitbewohnerin Missy Peters brachte ich sie zu ihrer Modeboutique Fashionably Late und holte mir einen Kaffee bei Courtney Carmichaels Kaffeewagen. Normalerweise hätte sich Missy mir angeschlossen, aber sie hatte eine Morgenbesprechung und war bereits spät dran.

„Guten Morgen, Michelle!" Courtney Carmichaels Gesicht begann zu strahlen, als sie mich sah. Courtney war eine ehemalige Anwältin und hatte in ihrer Karriere außerordentlich Erfolg gehabt, aber sie war ein Workaholic gewesen. Schließlich hatte ihr Ehemann sie verlassen, weil er sich vernachlässigt gefühlt hatte (oder zumindest war das der Grund, den er ihr gegeben hatte).

Da sie realisierte, dass sie das Leben verpasste, während sie Schlachten im Gerichtssaal kämpfte, entschied sie sich, diese schnelllebige Welt aufzugeben und mit ihrem Kaffeewagen von vorn anzufangen. Ihr Kaffee war köstlich und sie war quasi eine Ikone in Sacramento. Jeder, den ich kannte, kam hierher.

Sie schien eine stetig wachsende Kollektion an bunten, extravaganten Oberteilen zu haben, die sie, wie sie sagte, trug, um sich daran zu erinnern, dass das Leben spaßig, aber auch vergänglich war. Auf ihrem heutigen T-Shirt stand „Lächle, solange du noch Zähne hast" neben einem paillettenbesetzten Paar roter Lippen mit weißen Zähnen, die aus winzigen Saatperlen bestanden. Es brachte mich fast zum Lächeln. Fast.

„Ist es ein guter Morgen, Courtney?", fragte ich. Nach letzter Nacht war ich heute Morgen mit gemischter Stimmung aufgewacht. Einerseits war ich noch immer von Phillips unverantwortlichen Verhalten genervt, aber andererseits konnte ich nicht aufhören, an mein „zufälliges Date" mit Prince Charming (aka: Rumpel) zu denken. *Anderer*andererseits (ich musste mir ein „anderer" borgen, nach dem Chaos, das ich durchgemacht hatte) war ich fast krank vor Sorge, das Geld aufzutreiben, um Phillips Mietrückstand auszugleichen.

Obwohl ich meinem Stiefbruder gesagt hatte, dass es in seiner Verantwortung lag, wusste er genau so gut wie ich, dass es als Mitunterzeichner rechtlich gesehen auch meine Verantwortung war, diese Miete zu zahlen. Der Vorschuss für mein Buch hätte seine Schulden beglichen, aber nun, da Prince & Company mein Manuskript abgelehnt hatten, war ich wieder bei null und brauchte dringend einen anderen Herausgeber.

Und Kaffee. Ich brauchte dringend einen Kaffee.

„Oh je, schlechte Nacht gehabt?", fragte Courtney.

„Man könnte sagen, ich hätte eine schlechte Nacht gehabt, aber das würde man mit zehn multiplizieren müssen, dank meines Stiefbruders." Ich nahm meinen Kaffeebecher entgegen und lehnte mich gegen Courtneys Wagen.

„Phillip? Was hat er nun wieder angestellt?"

„Oh, du weißt schon, Geld und sowas. Tatsächlich mache ich mir größere Sorgen um meinen Laptop. Ich bin gestern Abend zu einem Wohltätigkeitsball im Geoffries Hotel gegangen—"

„Schick." Courtney nickte zustimmend.

„Definitiv, aber ich habe meinen Laptop dort liegen lassen. Ich habe den Concierge angerufen, aber niemand hat ihn dort abgegeben, also habe ich keine Ahnung, wie ich ihn nun finden soll."

Courtney runzelte die Stirn. „Ich weiß, wie viel dir dein Laptop bedeutet, aber ich werde gar nicht erst fragen, wieso du deinen Laptop zu einem Wohltätigkeitsball mitgenommen hast. Ich nehme an, dass du den Tracker nicht installiert hast, von dem wir geredet haben, nachdem deine Mama dir den Laptop zu Weihnachten geschenkt hat?"

Mir fiel die Kinnlade runter. Jetzt erinnerte ich mich! Ich hatte die Software sofort installiert, aber sie ganz und gar vergessen. Ich holte mein Handy heraus und durchsuchte meine Apps, um sie zu finden. Courtney spähte über meine Schulter, während wir darauf warteten, dass die Karte lud. Tatsächlich tauchte ein kleiner roter Punkt auf, der blinkte, während er sich langsam entlang einer Straße der Innenstadt bewegte.

„Dein Laptop bewegt sich", sagte sie und sah zu mir auf. „Hey, diese Adresse ist nur ein paar Blocks von hier entfernt!"

„Du bist ein Genie." Ich schnappte mir einen Deckel für meinen Kaffeebecher und gab Courtney einen Kuss auf die Wange. „Dankeschön. Ich halte dich auf dem Laufenden, was passiert."

„Viel Glück!", rief sie mir hinterher, bevor sie den nächsten Kunden in der Schlange bediente.

Ich sah zu, wie sich der Punkt bewegte, während ich der Karte folgte und mit einem Auge Ausschau nach Laternenpfählen hielt, während ich mit gesenktem Kopf lief. Hoffnung erfüllte mein Herz, nicht nur bei dem Gedanken, meinen Laptop zurückzubekommen, sondern dämmerte es mir auch, dass vielleicht mein mysteriöser Mann von gestern Nacht ihn gefunden hatte und versuchte, mich zu kontaktieren. Ich lächelte. Ich war wie eine moderne Cinderella der heutigen Zeit, die um Mitternacht den Ball verlassen (auch, wenn es eher gegen elf Uhr gewesen war) und meinen Glasschuh zurückgelassen hatte. Naja, zumindest klebte auf der Displayrückseite ein Aufkleber meiner heiß begehrten, glitzernden Schuhe.

Ich überprüfte erneut mein Handy. Der rote Punkt war stehengeblieben, der Standort gleich um die nächste Ecke. Ich stöhnte auf, als ich realisierte, dass sich die Bürogebäude von Prince & Company, meinem ehemaligen Traumverlag (oder aktuellen Erzfeind-Verlag), in der gleichen

Straße befanden. Tatsächlich schien es, als wäre mein Laptop genau vor deren Türen stehengeblieben.

Ich ging um die Ecke und mir wurde klar, dass ich meine normale Arbeitsuniform einer Roman-Verfasserin trug: Leggings und einen übergroßen Pullover. Ich hatte heute Morgen in solch einer Panik das Haus verlassen, dass ich nicht einmal darüber nachgedacht hatte, wem ich vielleicht begegnen würde. Wenn es *wirklich* Prince charming (aka: Rumpel) war, der meinen Laptop hielt, hoffte ich, dass er den lässigen Look genau so mochte wie den eleganten.

Da ich tief in Gedanken verloren war, stieß ich mit dem Mann zusammen, der draußen vor Prince & Company stand.

„Uff!", rief ich, trat einen Schritt zurück und rieb mir die Stirn. „Es tut mir so leid, ich habe nicht geschaut, wo ich hinlaufe. Ich bin nur froh, dass ich meinen ganzen Kaffee nicht über—"

Der Mann drehte sich um und faszinierende, blaue Augen trafen auf meine.

„Sie sind es . . ." Mein Herz setzte einen Schlag aus, als ich den Rest des Aussehens des Mannes auf mich wirken ließ, nun, da er keine Maske mehr trug. Dunkle Haare. Brille. Winzige Narbe über seiner Augenbraue, als er als Kind vom Fahrrad gefallen war. Oh, *nein.* „Brooks Keller", sagte ich.

Der Mann, mit dem ich zusammengestoßen war, war nicht nur der Märchenheld von letzter Nacht, sondern er war auch noch Brooks Keller, mein Exfreund und erfahrener Herzensbrecher, der mich am Boden zerstört zurückgelassen hatte, als er sich kurz vor dem Abschluss von mir getrennt hatte.

Erst dann bemerkte ich den Laptop in seinen Armen, was ironisch war, da ich einen großen Teil meines Senior Years an der Blue Moon Bay High School davor verbracht hatte. Er wirkte ein wenig größer, als ich ihn in Erinnerung hatte, seine Statur war muskulöser—hatte er begonnen, zu trainieren?—aber seine unzähmbaren, dunklen Haare schienen nun noch wilder zu sein.

„Michelle Moss", sagte Brooks, seine Stimme klang ein wenig tiefer, aber gleichzeitig so vertraut, dass ich nicht glauben konnte, dass ich sie letzte Nacht nicht erkannt hatte. Ich schob es auf die Musik. Vielen Dank auch, Celine Dion. „Lange ist es her. Wie geht es dir?"

„Mir geht es gut, Brooks", sagte ich, obwohl es mir gerade nicht gut ging und damals war es mir auch nicht gut ergangen, als er mir das Herz gebrochen hatte. Ich blickte ihn mit zusammengekniffenen Augen an. „Ich bin sogar begeistert, meinen Laptop zu sehen, den du auch einfach im Geoffries Hotel hättest abgeben können."

„Dein Laptop?" Er blickte von mir zu dem Laptop und dann wieder zu mir zurück. Seine Augen schnellten zu meinen Haaren, die sich auf meinem Kopf auftürmten. Gesponnenes Gold hatte er sie genannt. „Nein, ich habe ihn letzte Nacht gefunden und ich nehme ihn mit in mein Büro, um zu sehen, ob ich herausfinden kann, wie ich die Besitzerin kontaktieren kann, da er gesperrt ist und ich das Passwort nicht kenne…"

„Naja, du musst sie jetzt nicht mehr kontaktieren, denn ich bin schon hier. Also, wenn du ihn mir einfach geben könntest, kannst du dich auch schon auf den Weg machen", sagte ich, genervt davon, ihn wiederzusehen, genervt davon, dass er Rumpel war und genervt davon, dass er sogar noch besser aussah, als ich ihn in Erinnerung hatte.

„Lass uns reingehen und das klären." Er tippte eine Nummer in das Tastenfeld und wich dann zurück, so als ob er ein Gentleman war und mich vor ihm eintreten lassen wollte. Hätte ein Gentleman seine Freundin ohne eine Erklärung vor dem Abschluss sitzen lassen? Ich glaube nicht. „Nach dir", sagte er, da ich mich nicht bewegt hatte.

Mein Blick wanderte zu dem geprägten Schild neben der Tür, woraufhin mir der Mund offenstand.

„Warte, du arbeitest hier?" Ich starrte das Firmenschild an, auf dem „Prince & Company Publishing" zu lesen war. Mir wurde schwindelig. Oh, das konnte nicht wahr sein.

„Ja, ich arbeite für Prince & Company. Tatsächlich bin ich gerade erst zum Redakteur befördert worden."

Meine Ohren begannen zu dröhnen und ich konnte nicht glauben, was ich gerade gehört hatte. Ich holte mein Handy heraus und scrollte durch meine E-mails, bis ich die Absage-Mail von Prince & Company fand. Ich überflog den Text und suchte das Ende des Briefs: *B. Keller, Redakteur*.

„Nie im Leben." Ich starrte mit finsterem Blick zu ihm hinauf. Dieser Mann hatte nicht nur in der High School mein Herz gebrochen, sondern hatte er es nun fast zehn Jahre später erneut getan, indem er mein Manuskript abgelehnt hatte. Noch dazu hatte er meinen Laptop letzte Nacht mitgenommen? Mein Prince Charming hatte sich in eine Kröte verwandelt, eine Redakteur-Kröte, wortwörtlich über Nacht. Sowas von *überhaupt* nicht, wie eine Märchenromanze verlaufen sollte.

KAPITEL VIER

Ich nahm einen großen, langen Schluck von meinem Kaffee und folgte Brooks in den Fahrstuhl, woraufhin wir in Stille ins oberste Geschoss von Prince & Company Publishing fuhren. Es wäre mir weitaus lieber gewesen, so schnell ich konnte in die entgegengesetzte Richtung zu laufen, aber er hatte meinen Laptop und würde ihn nicht rausrücken, bis ich beweisen konnte, dass er mein Eigentum war. Das war so typisch für ihn, immer so pragmatisch und so . . . ich wollte *langweilig* sagen, aber ich konnte nicht, denn die Zeit, die ich mit Brooks verbracht hatte, war die aufregendste in meinem ganzen Leben gewesen.

Ich begutachtete ihn aus dem Augenwinkel und erinnerte mich an gestern Abend. Rumpel war charmant, witzig, romantisch und gentlemanlike gewesen, wobei Brooks unfreundlich und dickköpfig war. Das einzig erfreuliche war, dass der Muskel seitlich an seinem Kiefer Überstunden zu machen schien. Selbst, trotz seines lässigen

Auftretens konnte ich ihm anmerken, dass es ihm so unangenehm war wie mir. Ha!

Letzte Nacht waren seine Haare ordentlich zurückgekämmt gewesen, wobei Brooks Haar heute zugegebenermaßen auf eine sexy Art zerzaust waren. Dann kamen mir die Worte „unrealistisch, unvorstellbar und nicht druckreif" in den Kopf, woraufhin ich meine Augen zusammenkniff. Genau in diesem Moment erwischte er mich, wie ich ihn ansah. Meine Wangen wurden warm und ich räusperte mich.

„Wie ich sehe, hast du noch immer nicht herausgefunden, wie man eine Bürste benutzt, Brooks", sagte ich, da es zwischen uns zu einem Witz geworden war, dass er immer viel zu sehr mit Lesen beschäftigt war, um sich darum zu kümmern, seine Haare zu kämmen. Es war unsere gemeinsame Liebe für Bücher, die uns überhaupt erst zusammengebracht hatte. Ironisch.

Er fuhr mit seinen Fingern durch seine dunklen Locken und öffnete seinen Mund, um etwas zu sagen, als die Fahrstuhltüren sich mit einem *ping* öffneten. Wir verließen den Fahrstuhl und betraten die Büros von Prince & Company. Er führte den Weg durch die Lobby und einen Gang hinunter, wo er vor einer geschlossenen Tür stehenblieb. Dann öffnete er sie und trat zurück, um mich hindurchzulassen. Als ich an ihm vorbeiging, erhaschte ich den unverwechselbaren Duft seines Parfums von letzter Nacht und mein Bauch schlug einen kleinen Purzelbaum. Nein-nein-nein! Es war *sowas* von nicht okay, diese Reaktion zu haben, nun, da ich wusste, dass Prince Charming mein Ex war.

„Bitte, setz dich", sagte er.

Ich ließ mich auf dem Ledersessel nieder, der vor einem

großen Schreibtisch stand und stellte meinen leeren Kaffeebecher ab. Stapel von Manuskripten waren sauber darauf gestapelt, aber meines konnte nicht mehr dabei sein, da er die Seiten sicherlich geschreddert und irgendwo hingeschickt hatte, um zu Hamster-Einstreu verarbeitet zu werden.

Unrealistisch, unvorstellbar und nicht druckreif!

Meine Schultern spannten sich an, als ich zusah, wie er meinen Laptop vorsichtig auf den Schreibtisch legte. Dann lehnte er sich auf seinem Stuhl zurück, begutachtete mich diesen unfassbar blauen Augen, dieselben Augen, die letzte Nacht hinter dieser schwarzen Maske in meine geblickt hatten. Er holte eine Brille aus der Tasche seiner Tweed-Jacke und setzte sie auf, die ihn wie ein heißer Buch-Nerd aussehen ließ.

Warum war das Leben so grausam?

„Da hast mich abgelehnt!", platzte es aus mir heraus.

„Dich abgelehnt?", fragte Brooks, woraufhin er sein Gesichtsausdruck schmerzvoll wurde. Er setzte seine Brille ab und rieb seinen Nasenrücken, bevor er sie wieder aufsetzte. „Michelle, es tut mir leid, aber das ist … naja … zehn Jahre her?"

„Wir haben genau genommen vor neuneinhalb Jahren schlussgemacht und davon rede ich gar nicht. Ich meine, dass du mein Manuskript abgelehnt hast."

Er wirkte verwirrt, während seine Augen den größten Papierstapel auf seinem Schreibtisch absuchten, der, wie ich nur vermuten konnte, der Stapel mit unaufgefordert eingesandten Manuskripten war. So viele Träume, die zerschmettert wurden, wahrscheinlich mit seinen bösen Worten.

„Wovon redest du? Ich habe kein Manuskript von dir gesehen …"

„Mein Pseudonym ist Mia Mapleton. Klingelt da was? *Es war einmal ein Date*?" Als ich ihm mein Pseudonym und den Buchtitel nannte, bemerkte ich, dass mein Bein auf und ab wippte; eine Angewohnheit die ich hatte, seitdem ich ein Kind war und die sich zeigte, wenn ich nervös wurde oder genervt war. Gerade eben war ich beides.

Seine Augen wurden groß, als ihn die Erkenntnis traf. „Oh."

„Ist das alles? Nur „oh"? Du weißt, dass eine Schriftstellerin zu sein alles ist, was ich jemals sein wollte und als ich endlich ein Buch geschrieben habe, auf das ich wirklich stolz bin, hast du es einfach in den Müll geworfen. Scheint eine Gewohnheit von dir zu sein, mich wegzuwerfen, oder nicht?"

Er starrte mich ungläubig an und schüttelte den Kopf. „Hör mal, lass uns diese beiden Dinge einfach trennen, okay? Erstmal tut es mir leid, dass ich dich damals in der High School verletzt habe. Du musst mir glauben, Michelle, das war das Letzte, was ich tun wollte, aber—"

„Ich war nicht gut genug für dich. Ich habe nicht die richtigen Bücher für dich gelesen, oder?" Das war schon immer der Grund, weshalb ich angenommen hatte, dass er mich abserviert hatte, denn während Brooks Klassiker las, hatte ich meine Nase immer in romantische Geschichten über Helden und Heldinnen, sowie Happy Ends gesteckt.

Brooks wirkte sprachlos. „Was? Michelle, das habe ich niemals gesagt oder—"

Ich hielt meine Hand hoch. „Vergiss es, okay? Ich habe es."

„Offensichtlich nicht."

Ich blickte ihn finster an. „Lass uns einfach bei den wichtigen Dingen bleiben. Meinem Buch."

Er atmete tief durch und starrte mich an. Dann schüttelte er seinen Kopf, öffnete eine Schublade und holte einen Stapel Papier heraus. „Dieses Buch?"

Meine Augen wurden groß. „Nicht geschreddert, wie ich sehe."

Er warf mir einen Blick zu, den ich nicht deuten konnte. „Du schreibst als ... Mia Mapleton?"

Ich nickte und meine Kehle schnürte sich zu, als mir seine Absage durch den Kopf ging. Ich hatte Herz und Seele in dieses Buch gesteckt. „Du hasst es."

„Nein, das stimmt nicht, Michelle. Das Buch war gut. Das Geschriebene war sogar exzellent, aber es war einfach . . ."

Mein Herz pochte. „Es war einfach was?"

„Es war einfach . . . unglaubwürdig. Unsere Leser müssen in der Lage sein, an unsere Bücher zu glauben—"

„Hör auf mit dem Verkaufsgespräch, Brooks. Was ist so unglaubwürdig an *Es war einmal ein Date*?"

Er schob seine Brille auf seiner Nase nach unten und rieb sich die Augen. Er sah müde aus. Ich war froh.

„Das Leben ist einfach nicht so, wie du es in der Geschichte beschrieben hast, Michelle. Romantik ist nicht nur Herzen und Blumen und Geigen, die spielen."

Ich sah ihm in die Augen. „Aber das kann es sein."

„Meiner Meinung nach nicht." Brooks besaß wenigstens den Anstand, so auszusehen, als wäre es ihm unangenehm. Er legte mein Manuskript wieder hin und richtete seine Aufmerksamkeit auf meinen Laptop. „Also, du sagst, der gehört dir?"

Ich nickte. „Der Laptop *ist* meiner."

„Das ist dein Aufkleber?", fragte er und tippte auf die High Heels.

„Ja."

Sein Gesichtsausdruck zeigte, dass er es endlich begriff. „Also das heißt . . ."

Ich seufzte. „Dass der Märchenabend, den du gestern Nacht hattest, mit mir war. Und mach dir nicht einmal dir Mühe, zu versuchen, abzustreiten, dass er magisch war, Brooks Keller, denn ich weiß, dass du es auch gefühlt hast."

Ein kleines Lächeln umspielte seine Lippen, dieselben Lippen, wie mir auf einmal einfiel, die ich letzte Nacht geküsst hatte. Dieselben Lippen, die ich schon eine Million Male zuvor geküsst hatte.

„Oh-oh. Ich stecke in Schwierigkeiten. Du nennst mich beim Nachnamen."

Ich lächelte gegen meinen Willen. Brooks und ich hatten unseren gerechten Anteil an Streits gehabt, während wir miteinander ausgingen und er wusste immer, wenn er in Schwierigkeiten steckte, da ich dann seinen vollen Namen verwendete.

„Michelle Moss. Ich kann nicht glauben, dass das letzte Nacht *du* warst", sagte er und schüttelte ungläubig den Kopf. „Vielleicht hätte ich es wissen müssen. Ich meine, man sollte denken, dass, ähm, einige Dinge so vertraut sein würden, dass . . ."

„Du meinst, wie mich zu küssen?", schlug ich vor.

Er nickte. „Ja, ganz genau. Wie konnten wir das nicht bemerken?"

„Oh, glaub mir. Ich hatte *keine* Ahnung. Ich meine . . . keinen blassen Schimmer. Tatsächlich hätte ich in einer Million Jahren niemals—"

„Ich hab's verstanden", sagte er, hielt seine Hand hoch und zwischen seinen Augenbrauen bildete sich eine Falte. „Wohin bist du verschwunden, nachdem, naja, du weißt schon? Ich bin zum Tisch gegangen, um deinen Laptop zu holen und als ich dorthin zurückgekommen bin, wo wir gestanden waren, warst du weg."

Dahin war er also verschwunden. „Familiennotfall", sagte ich.

„Ist jetzt wieder alles in Ordnung?"

Ich zuckte mit den Schultern. „Genügend geregelt."

„Das ist gut." Er nickte und schob den Laptop auf dem Tisch zu mir. „Hör mal, das mit deinem Buch tut mir echt leid, Michelle, aber es war wirklich gut."

„Nur unglaubwürdig", merkte ich an, obwohl mein moderner Märchen-Liebesroman völlig im echten Leben passieren könnte. Tatsächlich hätte letzte Nacht ein großartiges zweites Kapitel abgegeben.

„Ich sag dir was", meinte er, faltete seine Hände vor sich und beugte sich nach vorn. „Schreib es um mit *echten* Charakteren in echten Situationen und ich werde nochmal einen Blick darauf werfen."

„Du meinst, es kalt und herzlos umzuschreiben, wie du?" Ich nahm mir meinen Laptop und stand auf. Ich war wieder dabei, mich aufzuregen und würde ihm nicht die Genugtuung geben, mich weinen zu sehen. In meiner Jugend hatte ich das oft genug wegen Brooks getan. Ich würde nicht wieder damit anfangen, nun, da ich siebenundzwanzig war.

Er stand auf. „Ich wollte dich nicht verärgern, sondern dir noch eine Chance geben."

„Ach, danke für nichts", sagte ich, während sich meine Kehle wieder zusammenschnürte. Eine zweite Chance von ihm war das Letzte, was ich brauchte. „Ich würde gerne sagen, dass es schön war, dich wiederzusehen, aber ich würde lieber ein Buch über Schraubenschlüssel schreiben, als eine Seite meines Romans zu ändern, um ihn deinem unromantischen, unrealistischen und unlesbaren Gehirn anzupassen."

Mit diesen Worten schlenderte ich gelassen aus der Tür und machte mich auf den Weg zum Aufzug. Trotz meines taffen Abgangs musste ich mehr blinzeln, je weiter ich mich von seinem Büro entfernte, um meine Tränen zurückzuhalten. Ich drückte alle Knöpfe des Fahrstuhls und es war mir egal, in welche Etage er mich brachte, solange ich von dieser her wegkam. Ich trat hinein und war bereit, einen Moment für mich zu haben, um zusammenzubrechen, aber gerade, als die Türen vor mir zugingen, schob sich eine Hand dazwischen und öffnete sie erneut.

Brooks kam in den Aufzug und ließ die Türen hinter sich schließen. Großartig, einfach großartig. Ich hielt meinen Blick auf die Türen gerichtet und weigerte mich, ihn anzusehen.

Er wandte sich mir zu. „Hör mal, Michelle, bitte versteh mich nicht falsch. Das Buch hat mir richtig gut gefallen, das hat es wirklich und wenn wir auf dem Markt für eine moderne Märchengeschichte wären, hätte ich sie mir geschnappt. Die Beschreibungen waren schön, das Geschriebene war umfangreich und bunt und hat mich viele Male zum Lachen gebracht, aber die Leser wollen solch eine Art von Romanze nicht. Sie wollen das echte Leben."

Meine Augenbrauen zogen sich zusammen, als der Fahrstuhl ein freudiges *ping* von sich gab und wir auf unserem Weg nach unten im nächsten Stockwerk anhielten. „Das nennt man, wie ich glaube, ein zweideutiges Kompliment."

„Ich wollte nur sagen—"

„Deine Ablehnung war laut und deutlich, Brooks", sagte ich und fand, dass sein „Lob" an mein Manuskript nicht im Geringsten half, um den Schmerz zu lindern. Die Fahrstuhltüren schlossen sich erneut und wir fuhren weiter. „Wir werden einsehen müssen, dass wir verschiedener Meinung sind. Denn ich weiß, dass Liebe im echten Leben mit diesen großen Gesten aus meinem Buch ausgedrückt werden *kann*, genau wie zwei maskierte Fremde Romantik auf einem Wohltätigkeitsball finden können. Allerdings nicht wir, denn du warst nicht gerade offen darüber, ein Redakteur zu sein, der der Liebe pessimistisch gegenübersteht."

Ping! Wir hielten in der nächsten Etage und die Türen öffneten sich.

„Du hast mir nicht erzählt, dass du eine Autorin bist", meinte er.

„Wie auch immer", sagte ich und hämmerte auf den Knopf, bis sich die Türen wieder schlossen. Dann wich ich zurück und sah ihn finster an. „Der Punkt ist, dass der Abend völlig fake war. Nicht real."

„Fantasie", sagte er und blickte mir in die Augen. „Genau wie Märchen auch", erwiderte er und zu meinem Entsetzen zog er mein Manuskript hinter seinem Rücken hervor. Meine Augen wurden groß, als er durch die Seiten blätterte und sie irgendwo in der Mitte auffallen ließ.

Wenn es eine Sache gab, die ich hasste, dann, wenn Leute meine Arbeit laut vorlasen. Naja, außer, um sie zu loben, was aber bei Mr. Negativ hier nicht passieren würde, wie ich wusste.

Ich hielt meine Hände nach oben. „Bitte verschon mich—"

„Ich muss dir Beispiele geben, um dir zu helfen, mich zu verstehen."

Ping!

„Ich verstehe genug", sagte ich und wünschte, ich hätte nicht all die Knöpfe dieser Etagen angedrückt. Was hatte ich mir dabei gedacht?

„Hier, beispielsweise", meinte er und klang nervigerweise aufgeregt. „Dein Held und deine Heldin sind in einem U-Bahn-Aufzug irgendwo in New York, als der Aufzug plötzlich anhält und sie realisieren, dass sie zusammen festsitzen, nur die beiden."

Ich zuckte mit den Schultern. „Und? Das passiert."

Er hob eine Augenbraue; eine Geste, an die ich mich gut erinnerte. „Wann? Wann passiert das jemals im echten Leben?"

Wie aufs Stichwort begann der Fahrstuhl zu ruckeln und hielt dann plötzlich an.

Ein elektrischer Blitz zuckte durch meine Brust. Oh, nein. „Habe ich schonmal erwähnt, dass ich Klaustrophobie habe?"

Er sah mich anklagend an. „Das hast du mit Absicht gemacht."

„Was? Mit der Kraft meiner Gedanken?"

„Du musst den Not-Aus-Knopf gedrückt haben.“

Ich legte meine Hände auf seine Arme und schob ihn zur Seite. „Naja, wie du siehst, sind die Knöpfe alle hinter dir und ich hatte keine Möglichkeit, an sie zu gelangen, also würde ich sagen, hast entweder *du* den Halt-Knopf gedrückt, oder dieser Fahrstuhl hat gerade mein Buch bewahrheitet.“

Sein ungläubiger Gesichtsausdruck verriet mir alles, was ich wissen musste und ich lachte, da ich mir nicht ganz sicher war, ob ich triumphieren oder in einen völligen Klaustrophobie-Panik-Modus wechseln sollte.

KAPITEL FÜNF

„Keine Sorge, der Aufzug fährt in einer Minute wieder hoch." Brooks stemmte die Hände in die Hüften, während er noch immer mein Manuskript festhielt und begann von einer Seite des Fahrstuhls zur anderen auf und ab zu laufen (zumindest so gut, wie man in einem kleinen Metallraum auf und ab laufen konnte). „Er ist manchmal launisch."

„Muss wohl mit dir verwandt sein." Ich stieß einen langen Atem aus und pustete Strähnen meines blonden Haars davon, die sich aus meinem Dutt gelöst hatten.

Er warf mir einen fragenden Blick zu. „Warum bist du sauer auf mich, wenn ich dir meine ehrliche Meinung sage?"

„Bin ich nicht", log ich und hasste es, dass die Wände des Aufzugs aus Spiegeln bestanden. Egal, wo ich stand, ich konnte meinem Spiegelbild nicht entkommen und schwitzig, gestresst mit rotem Gesicht war *kein* Anblick, der mich mit Freude erfüllte. Wenn ich wollte, dass Brooks dachte, dass er keine Wirkung auf mich hatte, dann würde ich mit diesem Look nicht damit durchkommen.

Brooks glitt schließlich mit dem Rücken an der Wand zu Boden, bis er dort saß. Er streckte ein Bein gerade vor sich aus und ließ das andere angewinkelt, während er seinen rechten Unterarm auf dem angezogenen Knie ablegte.

„So saßt du immer da, als wir uns unter dem Baum getroffen haben . . .“ Ich schweifte ab und meine Worte brachten mich in eine Vergangenheit zurück, die ich vergessen wollte.

Er lächelte. „Du kennst noch unseren Baum?“

Ich nickte und sah zu ihm hinunter. „Dort hast du immer stundenlang gelesen, während ich Geschichten geschrieben und Tagträume darüber gehabt habe, eines Tages eine Autorin zu sein.“

Seine Absage-E-Mail kam mir in den Kopf und brachte mich dazu, aufzuhören, über die alten Zeiten zu schwelgen. Kamen außerdem die Wände ein wenig näher? Es fühlte sich plötzlich an wie der Disneyland-Fahrstuhl im Haunted Manison und ich wartete darauf, dass die boshafte Stimme zu lachen begann.

Sehr klaustrophobisch? Ich? Oh, ja. Definitiv.

Brooks streckte seinen Arm, nahm meine Hand und zog daran. „Hör mal, wir sind vielleicht noch eine Weile hier, also kannst du es dir auch gemütlich machen.“

„Ich schätze, da hast du recht.“ Ich ließ mich neben ihm nieder und lehnte mich an die Wand.

Sein Blick schnellte zu meinem. „Wegen dem Buch . . .“

Meine Stirn runzelte sich. „Jetzt kannst du nicht mehr abstreiten, dass es lebensecht war.“

„Komm schon, Michelle“, sagte er und warf mir einen

seitlichen Blick zu. „Es war toll geschrieben, aber der romantische Aspekt war unrealistisch."

Ich hob eine Augenbraue. „Oh, wirklich? Weil Fahrstühle ja nicht steckenbleiben, richtig? Und doch sitzen wir hier. Wie hoch ist die Wahrscheinlichkeit?"

Er schüttelte seinen Kopf. „Das ist ein Zufall. Mehr nicht."

Ich verschränkte die Arme. „Es gibt keine Zufälle."

Er drehte sich zu mir, um mich mit einem schelmischen Gesichtsausdruck anzusehen. „Okay, lassen wir uns Mal eine Minute auf deine Theorie ein. Wenn dein Buch so realistisch ist, dann würde mich das zum Helden machen, oder?"

Ich schnaubte. „Mehr zum Antagonisten."

„Und du wärst die Heldin, richtig?"

Ich nickte. „Damit könnte ich mich abfinden."

„Also, laut dem Buch, genau in diesem Moment . . ." Er blätterte durch mein Manuskript, bis er das richtige Kapitel hatte. „Würde ich dir tief in die Augen sehen."

Ich riss meine Augen auf. „Bitte tu das nicht. Du wirst mir Angst machen."

„Und während ich dir in die Augen sehe, würde ich . . ." Seine Finger fuhren entlang der Zeilen auf der Seite meines Manuskripts, bis er auf das Ende des Satzes tippte. „Würde ich dir sagen, dass ich dein Herz schlagen hören könnte."

Meine Wangen wurden warm. „Ich weiß, was da steht."

„Aber du behauptest, dass das tatsächlich im echten Leben passieren könnte", sagte er und schob mit seinem Zeigefinger seine Brille auf seiner Nase nach oben. „Der Fahrstuhl hat unerwartet angehalten. Das muss ich dir lassen. Jetzt bin ich an der Reihe, zu sagen . . . dass mein Herz nur für dich schlägt.“

Mein Bauch machte einen kleinen Salto. „Und?“

„Ich demonstriere meinen Standpunkt“, erklärte er, faltete das Manuskript und tippte damit gegen seine Handfläche. „Würde diese Zeile es für dich tun?“

„Nicht, wenn *du* sie sagst“, entgegnete ich und brachte das Kribbeln in meinem Bauch dazu, sich zu beruhigen. Mein Blick wanderte nach unten zu seinen Lippen, woraufhin ich an unseren Kuss letzte Nacht denken musste. „Aber wenn jemand heroisches diese Worte zu mir sagen würde, dann ja. Dann würde ich das unglaublich romantisch finden.“

„Würdest du? Hm.“ Er warf mir einen skeptischen Blick zu und öffnete das Manuskript dann wieder. „Okay, und was, wenn ich sagen würde: „Ich kann dein Herz sogar noch schneller schlagen lassen, wenn du mir nur die Chance dazu geben würdest“?“

Mein Puls schnellte noch ein wenig mehr in die Höhe, aber nur, weil er eine beruhigende Stimme hatte. Nicht, weil ich daran interessiert war, dass er diese Worte wirklich zu mir sagte. Ich biss mir auf die Unterlippe, bis ich auf einmal bemerkte, dass er es geliebt hatte, wenn ich das tat.

Wie auf Kommando blickte er hinunter auf meinen Mund. „Und dann würde ich immer ein kleines Stückchen näherkommen und deine Augen würden nach unten zu meinen Lippen wandern . . .“

„Warte mal“, protestierte ich und hielt meine Hand hoch. Seine Worte klangen hypnotisch und es fühlte sich an, als ob er mich mit dieser sanften Stimme und den verführerischen Worten in eine Art Trance versetzte.

„Und dann . . . würde ich . . . *das* tun." Sein Mund bewegte sich auf meinen zu.

Meine Augen schlossen sich langsam für einen Moment, bevor ich sie wieder aufriss und dann einen Finger auf seine Brust legte. „Hey!"

Er zwinkerte mit halb geschlossenen Augen. „Was? Habe ich es falsch gemacht?"

„Ja. Wenn das meine Geschichte wäre, würde ich mit meinem Helden in diesem Aufzug festsitzen, der offensichtlich nicht du bist." Ich zog mich auf meine Füße, nur, um mehr Abstand zu ihm zu bekommen, bevor er mich erneut in Versuchung brachte.

„Denkst du nicht, ich könnte der Held eines Romans sein?" Er grinste und stand auf. „Du scheinst anders darüber gedacht zu haben, als du mich letzte Nacht geküsst hast."

„Naja, das war, weil ich dachte, dass du jemand anderes wärst!"

Einer seiner Mundwinkel zog sich nach oben. „Ah, aber vielleicht wusste dein Herz es, selbst, wenn dein Kopf es nicht wusste."

„Oder vielleicht hatte ich zu viel Champagner getrunken."

„Wenn ich mich recht erinnere, hattest du kaum ein ganzes Glas getrunken."

„Ich trinke sehr selten", log ich und liebte den genervten Gesichtsausdruck, der er bekam.

Er legte eine Hand auf meine Schulter. „Michelle, es tut mir wirklich leid, dich vor all diesen Jahren verletzt zu haben. Ich habe getan, was ich zu der Zeit für richtig gehalten hatte und, naja, seitdem hat es viele Male gegeben, dass ich mir wegen meinen Entscheidungen ordentlich ins Gewissen geredet habe."

Mein Herz erwärmte sich, gerührt von seiner Entschuldigung. „Das ist schon lange her."

„Vielleicht wird es für uns Zeit, das aufzuholen?", schlug er vor.

„Ist nicht so, als hätten wir etwas anderes zu tun", sagte ich und schenkte ihm ein kleines Lächeln.

Die Jahre flogen davon, während die Minuten vergingen und Brooks mir all die Dinge erzählte, die er seit der High School erlebt hatte. Ich brachte ihn mit Geschichten meiner unzähligen Teilzeitjobs zum Lachen, inklusive meiner Zeit, in der ich kreatives Schreiben an einer örtlichen Volkshochschule unterrichtet hatte, wo die Studenten sich geweigert hatten, mich ernst zu nehmen.

Es war, als ob die Jahre, in denen wir getrennt waren, nie vergangen wären und ich bemerkte, dass ich darüber nachdachte, dass es vielleicht nach fast zehn Jahren Zeit wurde, zu vergeben und vergessen—obwohl die Art und Weise, wie Brooks mich immer wieder ansah, es mir furchtbar schwer machte, überhaupt gerade zu denken.

„Tut mir leid, dass dir die Studenten in der Volkshochschule deine Zeit so schwer gemacht haben, Michelle, aber du musst zugeben, dass dich diese Sommersprossen wirklich jung Aussehen lassen und, hey, wenn du dich dazu entscheidest, diese Änderungen an deinem Roman vorzunehmen, um ihn druckreif zu machen, dann bin ich mir sicher, dass du auch an der Schule etwas mehr ernstgenommen werden würdest."

Und damit war der Bann gebrochen.

Gerade, als ich meinen Mund öffnen wollte, um ihm zu

sagen, was er mit seinen Änderungen machen könnte, sprang der Fahrstuhl wieder an und innerhalb von Sekunden öffneten sich die Türen im Erdgeschoss. Also ging ich hinaus, ohne Brooks einen Blick zurückzuwerfen und rief ein lässiges tschüss über meine Schulter, als ich den belebten Bürgersteig der Innenstadt hinab und weg von Brooks küssbaren Lippen ging.

* * *

„Michelle, wohin gehst du?", rief Brooks mir eine Minute, nachdem ich ihn verlassen hatte, hinterher.

Ich drehte mich um und sah, wie er sich seinen Weg durch die Fußgänger auf dem Gehweg bahnte und sich beeilte, um mich einzuholen. Was zum ...?

„Michelle, könntest du mir nur eine Minute zuhören?" Er kam zu mir geeilt, bis er neben mir stand und wirkte ein wenig nervös.

„Was muss ich noch hören, Brooks? Wir haben gerade eine Stunde zusammen in einem festgesteckten Fahrstuhl verbracht. Ich glaube, wir haben alles gesagt, was wir sagen mussten."

„Die Dinge liefen doch gut. Warum bist du jetzt so aufgebracht?", fragte er, während sich eine winzige Falte zwischen seinen Augenbrauen bildete. „Ich verstehe es nicht. Ich habe gesagt, ich würde dir einen Buchvertrag ermöglichen, wenn—"

„Ja, das hast du." Ich blieb abrupt stehen und drehte mich um, um ihn anzusehen. „Wenn ich ein anständiges Buch schreiben würde. Mensch, was für ein Kompliment."

Er stieß seinen Atem aus. „*Anständig* habe ich nicht

gesagt. Dein Buch ist bereits anständig. Tatsächlich ist es sogar großartig."

Ich machte mich auf den Weg in die Richtung meines liebsten Kaffeewagens. „Aber?"

„Aber, wie schon gesagt, es ist einfach nicht realistisch", meinte er und lief los, um mich einzuholen. „Wenn du doch einfach nur ... aaarrgggghhhh!"

Ich schnappte nach Luft, als Brooks rückwärts auf den Bürgersteig stolperte. Seine Beine schienen sich in einer sehr glitzrigen Leine verfangen zu haben, an dessen anderem Ende ein mir vertrauter Hund angebunden war, der ein winziges, glitzerndes Hundeshirt trug.

„Guter Junge, Atticus!" Ich beugte mich nach unten, um das lockige Fell des Hundes zu streicheln und lächelte dann zu Courtney Carmichael hinauf, eine erstklassige Barista und Besitzerin des Hundes. Ich sah amüsiert zu, wie sich Brooks Mühe gab, sich von der Leine zu befreien. Ich blickte den Hund stirnrunzelnd an. „Hat dich dieser böse, alte Mann dich erschreckt?"

„Böser, alter Mann?" Courtney sah mit verwirrtem Blick von mir zu Brooks und dann wieder zu mir. „Normalerweise bringt er Atticus die ganze Zeit Leckerlis mit ... habe ich etwas verpasst, Brooks?"

„Michelle und ich sind eine Stunde lang zusammen im Fahrstuhl festgesessen", sagte er mit ausdrucksloser Stimme, so als ob das alles erklärte.

„Ah", sagte Courtney auf verständnisvolle Art, weshalb ich mich fragte, was genau sie verstanden hatte.

„Atticus hat ein schickes Shirt an", meinte ich und bemerkte, dass der kleine Pudelmischling ein Shirt trug, das Courtneys eigenem glitzerndem Oberteil Konkurrenz machte. Auf seinem stand „Sei die Person, für die dein Hund dich hält" geschrieben in blauen und silbernen schimmernden Perlen. „Wie ich sehe, hat Atticus denselben Modegeschmack wie du, Courtney."

Sie gab Atticus unter dem Wagen einen Hundekeks. „Natürlich, nur das Beste für meinen Jungen."

Brooks hatte sich schließlich aus der Leine befreien können und bückte sich dann vor Atticus, woraufhin er ihn hinter den Ohren kraulte. Atticus schloss seine Augen genüsslich zur Hälfte und als Brooks aufhörte, stupste der Hund ihn mit seinem Kopf an, damit er weitermachte.

Ich konnte nicht anders, als ein wenig zu schwärmen, als Brooks den Hund auf seine Arme hob, mit ihm kuschelte und sich mit einer sanften, beruhigenden Stimme bei ihm entschuldigte, gerade über ihn gestolpert zu sein. Ich musste mich daran erinnern, dass das nicht Prince Charming war, sondern Prince Absage.

Courtney warf mir einen seltsamen Blick zu und reichte mir dann mein übliches Kaffeegetränk. „Brauchst du noch einen? Ich bin mir sicher, dass du dich noch immer wegen Phillip stresst."

Ich nahm den Kaffee dankbar an. „Wie immer, hm?"

Sie lachte. „Süße, jeder Wochentag mit einem „t" darin ist ein Tag, an dem dieser Junge etwas tut, das dich wahnsinnig macht, aber diesmal scheint etwas dich mehr zu belasten als sonst."

Ich nicke. „Ja, ich habe die Sache mit meinem Stiefbruder langsam satt. Ich kann ihn nicht immer wieder aus der Klemme helfen."

„Glück damit gehabt, deinen Laptop zu finden?", fragte Courtney und begutachtete Brooks von oben bis unten, allerdings diskret. Um ehrlich zu sein war Brooks so verliebt in den Hund, dass er es sowieso nicht bemerkt hätte—eine Eigenschaft, die ich sehr attraktiv fand, sehr zu meinem Leidwesen.

„Das erzähle ich dir später", flüsterte ich wortlos und sie nickte.

„Dein Hund ist so toll, Courtney", sagte Brooks und ließ Atticus wieder nach unten.

„Danke, da stimme ich dir zu." Courtney strahlte und war immer stolz, wenn jemand ihren Hund lobte. „Ich habe ihn vor einer Weile von *Reagan's Rescue at the Barn* geholt. Dieser kleine Racker hat ein endgültiges zu Hause gebraucht und ich einen Mann, dem ich vertrauen konnte." Sie lachte, um deutlich zu machen, dass der letzte Teil nicht ernst gemeint war.

„Eines Tages, wenn ich sesshafter geworden bin, gehe ich hinunter zur *Reagan's* und hole mir einen eigenen Hund." Brooks beugte sich nach unten, um erneut den Kopf des Hundes zu streicheln.

Courtney bereitete für einen Mann im Anzug einen Kaffee zu. Sie reichte ihm den Becher, lächelte und wandte sich mir dann zu. „Also, Phillip?"

Ich schüttelte den Kopf. „Ja, er hat „vergessen" in den letzten paar Monaten seine Miete zu zahlen, also muss ich circa neun Riesen auftreiben, um es für ihn zu bezahlen."

Brooks verzog das Gesicht. „Warum musst du die Miete für jemand anderen bezahlen?"

Ich schlürfte meinen Kaffee. „Weil er mein Stiefbruder ist und ich den Vertrag mitunterzeichnet habe."

Brooks hielt einen Moment lang inne. „Naja, ich könnte dir einen zehntausend Dollar Vorschuss für dein Buchvertrag zahlen, wenn du die Änderungen vornimmst, die ich vorschlage. Deal?"

Courtneys Gesicht begann zu strahlen, als sie zwischen mir und Brooks hin und her sah. „Buchvertrag? Was habe ich verpasst?"

Ich realisierte, dass ich diese nervige Situation noch nicht erklärt hatte. „Entschuldige, Courtney. Du scheinst Brooks Keller zu kennen. Naja, er ist zufälligerweise auch ein alter High School, ähm, Freund von mir."

„Ach so", sagte sie und blickte mich mit zusammengekniffenen Augen an, so als ob sie versuchte, mehr zu entziffern.

Ich ließ meinen Gesichtsausdruck neutral. „Ich habe mein geliebtes Manuskript bei Prince & Company bei ihm eingesandt und als der Redakteur hat er es abgelehnt und es unrealistisch, unvorstellbar und nicht druckreif genannt."

„Autsch", sagte sie und wandte sich an Brooks.

„Es war toll geschrieben mit frischen Ideen und großartiger Charakterentwicklung", sagte Brooks.

„Wovon er aber nichts in seiner Absage-Mail erwähnt hat, also sind das Neuigkeiten für mich", sagte ich und mein Magen zog sich zusammen.

Courtney drehte sich wieder zu mir. „Hmm ..."

„Aber der romantische Aspekt war ... wie ich befürchte ... unrealistisch", meinte Brooks.

Ich zeigte mit dem Finger auf ihn. „Weißt du, wenn du dir vielleicht die Zeit genommen hättest, all dieses positive Feedback an eine Autorin zu schreiben, statt deines unhöflichen Absagebriefs, dann hätte es sich vielleicht nicht so angefühlt, als sollte ich meinen Laptop in die Toilette werfen."

Courtney zuckte zusammen und hielt Brooks seinen Kaffee entgegen.

„Danke." Er nahm den Becher von Courtney. „Ich versuche immer konstruktive Kritik zu geben, damit die Verfasser ihren Roman verbessern können. Ich habe nicht versucht, jemanden zu entmutigen, aber die Wahrheit ist, wie sie ist. Und ich habe ja nicht gesagt, dass du den ganzen Roman umschreiben, sondern einfach nur den romantischen Teil . . . lebensechter machen sollst. Weniger „glücklich-bis-ans-Ende-der-Zeit" und mehr „glücklich-gerade-im-Moment" auf eine realistische Art."

Courtney hob ihren Becher. „Ganz meiner Meinung."

Ich blickte sie böse, aber nicht ernst, an. „Ich stimme nicht zu. Liebe *kann* sein, wie du sagst, aber für andere kann sie auch von einer augenblicklichen gemeinsamen Verbindung und tiefen, herzlichen, romantischen Momenten geprägt sein, die in permanenter Liebe enden."

Courtney schnaubte.

Brooks musste kichern und sah zu ihr. „Oder?"

„Ihr beiden seid abgestumpft." Ich verschränkte meine Arme, was, naja, nicht gerade bequem war, während ich meinen Kaffeebecher hielt. „Ich werde meinen perfekten romantischen Handlungsstrang nicht ändern, um deinen zynischen Vorgaben zu entsprechen, Brooks Keller."

Courtney tippte sich mit dem Finger an die Schläfe, während Brooks und ich unseren Kaffee schlürften und uns gleichzeitig in Stille finster anfunkelten.

Schließlich schnipste sie mit den Fingern. „Okay, naja,

es gibt eine Lösung, um dieses Problem ein für alle Mal zu klären. Wollt ihr sie hören?"

Wir beide hörten auf zu trinken und sahen sie erwartungsvoll an.

„Es ist simpel. Stellt das Buch auf die Probe."

Ich blickte zu Brooks und dann zu Courtney, da ich nicht begriff, was sie meinte. „Hm?"

„Ein kleines Experiment, um zu sehen, wer recht hat und wer nicht."

„Ich werde alles tun, um ihr zu beweisen, dass ich recht habe", meinte er.

„Du kannst nicht etwas beweisen, das falsch ist", merkte ich an.

„Hier kommt, was ihr tun müsst", sagte Courtney und hielt zwei Fäuste nach oben, so als ob sie versuchte, ihre Begeisterung im Zaum zu halten. „Folgt Michelles Buch aufs Wort. Wenn die Romantik auf die Weise funktioniert, wie du sagst, Michelle, dann bekommst du den Buchvertrag, ohne Änderungen vornehmen zu müssen." Sie hob Atticus vom Asphalt und knuddelte ihn. „Und wenn die Romanze nicht funktioniert, nachdem ihr euch an das Buch gehalten habt, da Brooks meint, dass es im echten Leben nicht geht, dann, Michelle, schreibst du die Sätze mit Brooks eher „zynischen" Details um."

Ich kniff die Augen zusammen, da ich nicht ganz verstand, was sie meinte. „Ähm, hä?"

„Ernsthaft? Muss ich es wirklich buchstabieren?", fragte sie.

Ich nickte. „Ja, ich glaube schon."

Courtney seufzte dramatisch. „Schau, du und Brooks, ihr folgt den Kapiteln des Buchs bis aufs Wort genau und wenn sich Brooks in dich verliebt, dann bekommst du den Buchvertrag, genau so wie dein Buch geschrieben ist. Allerdings . . .", sie hielt ihre Hände hoch, als Brooks und ich beide versuchten, sie gleichzeitig zu unterbrechen, „wenn Brooks sich nicht in dich verliebt, dann musst du die Änderungen vornehmen, die er will. So oder so bekommst du deinen Buchvertrag und das Geld, das du brauchst, um Phillip aus der Klemme zu helfen. Mal wieder."

Ich war entsetzt, wie logisch das klang. „Aber ich *will* nicht, dass Brooks sich in mich verliebt, was er offensichtlich wird, denn die Handlung ist so gut."

Courtney zuckte mit den Schultern. „Aber wenn das stimmt, dann bekommst du deinen Buchvertrag, von dem du schon immer geträumt hast."

„Wartet mal kurz", sagte Brooks, richtete seine Brille und fuhr sich mit einer Hand durch seine Haare. „Es gibt keine Chance, dass eine Nachstellung funktionieren wird, denn . . . es tut mir leid, das immer wieder zu erwähnen, Michelle . . . aber die Romantik in deinem Buch ist einfach völlig unrealistisch."

Courtney zuckte mit den Schultern. „Dann hast *du* auch nichts zu verlieren, Brooks. Denn wenn du recht hast, bekommst du deinen Willen und kannst das Buch anpassen, wie du es willst."

„Interessant", sagte er und nahm noch einen Schluck Kaffee.

„Ich würde diese Abmachung offensichtlich gewinnen, denn ich habe absolutes Vertrauen in mein Buch und es ist wahr, dass die Vorauszahlung den Ärger mit Phillips Schulden lösen würde." Ich sah Brooks mit einem zufriedenen Lächeln auf dem Gesicht an. Ich meine, was kümmerte es mich, wenn Brooks sich in mich verliebte? Vielleicht war nun er an der Reihe, ein gebrochenes Herz zu haben. Nicht, dass ich seine Gefühle verletzen wollte, aber es hätte auf eine Karma-Art und Weise irgendwie gepasst. Ich streckte ihm meine Hand entgegen. „Ich bin bereit für die Herausforderung, wenn du es bist."

„Die Wette gilt, Michelle", sagte Brooks, nahm meine Hand und schüttelte sie. „Aber tu mir einen gefallen und sei kein schlechter Verlierer, okay?"

Ich lachte. „Oh, das Vergnügen wird ganz deinerseits sein, mein Freund. Das garantiere ich dir."

KAPITEL SECHS

Als ich durch die goldene Doppeltür des *Geoffries*-Hotels ging und mich auf den Weg zur Lounge mache, um mich mit meinen Freundinnen auf einen Drink zu treffen, fluteten die Erinnerungen an den Maskenball meinen Kopf und brachten mich zum Lächeln. Ich kam am Portier vorbei und durchquerte die Lobby, wo mir die Doppeltür des Ballsaals gegenüber ins Auge fiel und mich das Gefühl eines Déjà Vus wie ein Tsunami überkam.

Ich berührte meine Lippen mit meinen Fingern und mein Lächeln verschwand, als ich mich daran erinnerte, wie Brooks wortwörtlich über Nacht von „hero to zero" geworden war. Trotzdem ging mir der Kuss noch immer nicht aus dem Kopf.

„Erde an Michelle, bitte kommen, Michelle. Kannst du mich hören?", fragte Krista, die mit ihren Händen vor meinem Gesicht umherfuchtelte, woraufhin ich lachen musste.

„Laut und deutlich, Basis. Ist Missy schon hier?" Ich spähte über Kristas Schulter, um zu sehen, ob meine

Mitbewohnerin schon angekommen war, aber ich konnte sie nicht sehen. Ich kannte Missy bereits seit meinen Kindheitstagen in Blue Moon Bay an der Küste. Nachdem wir letztes Jahr nach Sacramento gezogen waren, hatten sie und Krista sich sofort miteinander verstanden, als sie sich getroffen hatten, was bedeutete, dass wir alle viel Zeit zusammen verbrachten.

„Missy hat mir geschrieben, dass sie bereits in der Lounge ist", meinte Krista. „Hoffentlich mit drei eisgekühlten Cocktails, die gerade kreisförmige Abdrücke auf Untersetzern hinterlassen, während wir uns unterhalten."

Ich lachte erneut. Egal, wie gestresst ich war, heiterte es mich immer auf, Zeit mit den Mädels zu verbringen. Freunde waren essentiell im Leben. Ich ließ den Ballsaal zurück, folgte Krista zu dem Loungebereich und tatsächlich saß dort Missy, die sich den besten Tisch ergattert hatte, den man kriegen konnte.

„Mwha, mwah!" Missy gab mir mit übertriebenen Soundeffekten einen Kuss auf beide Wangen und tat dasselbe bei Krista, bevor sie sich wieder setzte. Missy konnte manchmal ein wenig übertreiben, aber sie war ein Ex-Supermodel und das passte zu ihrer quirligen Persönlichkeit.

Die Lounge des *Geoffries*-Hotels war nicht ganz so üppig wie der Ballsaal, aber es war eine tolle Location und eines unserer liebsten Orte für einen Mädelsabend, denn dort war es nicht so laut wie in den üblichen Bars und Clubs der Stadt. Das war ein toller Ort für Frauengespräche und um über das Neuste zu plaudern.

Ich ließ mich auf einem marineblauen Stuhl mit goldenem Muster darauf nieder, dessen dunkle Mahagoni-

Armlehnen auf demselben hohen Standard wie die Türen und Holzpaneelen poliert waren. Ich lächelte und hob meine Hand, als der uns bekannte Barkeeper uns zur Begrüßung zuwinkte.

„Das ist ein todsicheres Anzeichen, um zu wissen, dass wir viel zu oft hierherkommen", sagte Missy und reichte mir einen Cocktail—ein cremig-aussehendes Gebräu aus Gott wer weiß, aber es schmeckte köstlich, als ich einen Schluck davon nahm. Ich leckte einen süßen Tropfen von meiner Unterlippe und Bilder des Maskenballs, oder noch spezifischer des Kusses mit Prince Charming, schossen mir augenblicklich in den Kopf.

„Du wirst rot, Michelle. Findest du wohl, der Barkeeper ist heiß, oder sowas?" Krista zwinkerte Missy zu und sie beide sahen mich erwartungsvoll an.

„Was? Oh, bitte. Er ist ungefähr halb so alt wie ich."

„Cougar", deklarierte Krista und spielte auf Frauen an, die Jagd auf jüngere Männer machten.

„Kann man mit siebenundzwanzig ein Cougar sein?", fragte ich.

„Kann er halb so alt sein wie du mit siebenundzwanzig, wenn er ein Barkeeper ist?", fragte Missy.

„Naja, er sieht aus wie einundzwanzig. Zu jung für meinen Geschmack."

Krista zuckte mit den Schultern. „Wenn es jemand durchziehen kann, ein siebenundzwanzig-jähriger Cougar zu sein, dann du. Oder *du*, Missy."

„Nick ist zufälligerweise ein paar Jahre älter als ich und ich bin mehr als glücklich mit meinem Verlobten, herzlichen Dank", sprach Missy und warf einen Blick auf den gewaltigen Klunker an ihrem Ringfinger.

„Ihr beiden *seid* aber auch perfekt bezaubernd", sagte Krista und lächelte Missy an, bevor sie sich mir zuwandte. „Aber lasst uns wieder zu dem Grund zurückkommen, weshalb Michelle rot wurde."

„Ich bin nicht rot, das ist nur die Reflektion der Lichter." Ich gestikulierte hinauf auf die verzierte goldene Decke, an der extravagante Kronleuchter hingen, deren purpurrote Kristalltröpfchen einen magischen Farbton über die gesamte Lounge warfen.

„Schön, dann erzähl's uns eben nicht. Wir werden dein Geheimnis schon noch herausfinden. Das tun wir immer und das weißt du." Missy verzog ihren Mund auf eine „wie auch immer"-Art und wandte sich Krista zu. „Also, wie läuft es in der Reiseagentur?"

Sie verdrehte die Augen. „Naja, sagen wir einfach, es ist niemals langweilig. Vor kurzem hatten wir eine Kundin, die zu uns gekommen ist, um über Weihnachten einen Urlaub nach Florida zu buchen. Sie hat mich nach den wichtigsten Dingen gefragt, die man mitnehmen sollte und ich habe Sonnencreme vorgeschlagen. Dann wurde sie wegen mir sehr böse und hat mich gefragt, ob ich denke, dass sie dumm sei."

„Das hat sie nicht", meinte ich.

Krista nickte. „Oh doch, das hat sie. Sie hat meine Chefin gerufen und sich bei ihr beschwert, dass ich denken würde, ich wäre etwas Besseres als sie, nur, weil ich durch die ganze Welt reisen könne. Ich habe sie nicht korrigiert oder ihr gesagt, dass das Weiteste, was ich bisher gereist bin, sieben Stunden nach Disneyland waren, aber was soll's."

„War deine Chefin aufgebracht?", fragte Missy.

Sie schüttelte den Kopf. „Nein, aber ich glaube nur, weil sie selbst gerade irgendeine Art Krise durchmacht. Mid-life vielleicht? Ich weiß es nicht. Jedenfalls hat sie sich in letzter Zeit komisch verhalten."

„Zum Beispiel?", fragte Missy.

Mein Blick wanderte über Missys Schulter, wo mir die Tür zum Ballsaal gegenüber ins Auge fiel und mich wieder an den Maskenball denken ließ. Wie hatte mir nicht auffallen können, dass diese wunderschönen blauen Augen hinter der Maske Brooks Keller gehörten? Vielleicht, weil er eine Brille trug? Das konnte es aber nicht sein, weil ich schon immer von seinen Augen fasziniert gewesen war. Vielleicht, weil ich gedacht hatte, dass ich ihn nie wiedersehen würde?

„Was denkst du, Michelle? Wärst du dabei?"

Ich zuckte zusammen, als Missys Stimme meine Gedanken durchbrach. „Wobei? Florida?"

Krista starrte mich ungläubig an. „Willst du mich auf den Arm nehmen? Wir haben bereits vor zwei Themen aufgehört, über Florida zu reden. Missy hat uns gerade ausführlich von ihrer Modeparty erzählt, auf der sich alle wie in den Neunzigern anziehen werden."

„Oh . . ." Ich biss mir auf die Unterlippe. Ups. Missy war die Besitzerin von *Fashionably Late*, einer gehobenen Modeboutique, in der es die schönste Kleidung überhaupt zu kaufen gab. Meine Gedanken wanderten sofort zu der Tatsache, dass es *Fashionably Late* war, wo ich mir mein Kleid für den Maskenball ausgesucht hatte. Meine Gedanken begannen wieder einmal zurück zu dieser Nacht abzudriften. . .

Missy schnippte mit ihren Fingern vor meinen Augen.

„Also? Ich habe dich gefragt, ob du gerne zu meiner Fashionparty kommen würdest. Sie wird sehr edel und gehoben. Du kannst dir dein Kleid in meinem Laden besorgen oder so. Krista kommt ebenfalls. Ich werde Courtney auch dazu überreden, zu kommen, wenn ich sie aus ihren glitzernden Oberteilen locken kann.“

Ich öffnete meinen Mund, um zu protestieren, aber Krista kam mir zuvor. „Bitte sag ja, Michelle. Es wird ein riesiger Spaß werden und du hast in dieser Robe für den Maskenball absolut fantastisch ausgesehen.“

Dieses Mal brachte die Erwähnung des Balls meine Gedanken zurück zu dem Moment, als Brooks mich auf die Tanzfläche geführt und mich an meiner Taille festgehalten hatte, als die Titelmelodie zu *Die Schöne und das Biest* zu spielen begann. Ich konnte sein Parfum fast schon riechen und seinen warmen Atem auf meiner Wange spüren.

„Alles klar, Michelle. Das ist eine Inter-freund-tion. Was ist heute Abend mit dir los? Du verschwindest andau-ernd“, meinte Krista.

Ich runzelte die Stirn. „Was? Ich habe den ganzen Abend die Lounge nicht verlassen.“

„Naja, dein Kopf aber schon und manche würden sagen, er wäre zu zerstreut, um momentan alleine gelassen zu werden. Was ist los?“

Zunächst lachte ich, aber dann ließ ich meinen Kopf in meine Hände fallen und stöhnte auf. „Okay, da gibt es diesen Typen …“

„Ich wusste es!“ Krista klatschte schnell hintereinander in ihre Hände. „Prince Charming vom Maskenball, richtig? Ich habe Missy vorhin von ihm erzählt.“

Ich runzelte die Stirn. „Woher wusstest du das?“

„Bis auf die Tatsache, dass ich euch beide unterbrochen habe, als ihr euch außerhalb der Tanzfläche geküsst habt?"

Meine Wangen wurden warm. „Oh, stimmt ja …"

„Ihr beiden wart sowieso das Gespräch des Abends", erzählte Krista, so als ob das nichts Neues war. „Niemand wäre überrascht gewesen, wenn ihr beiden in einer Kürbis-Kutsche verschwunden wärt."

„Die Leute haben ernsthaft über mich geredet?", fragte ich und verzog das Gesicht. „Nun, das ist peinlich."

„Wir haben genug gewartet, Michelle", meinte Missy und hob einen Finger, um dem Barkeeper zu signalisieren, dass wir eine weitere Runde Drinks bestellen wollten. „Erzähl uns alles."

Es wurde Zeit, also erzählte ich den Mädels die ganze Geschichte, angefangen dabei, dass Brooks und ich in der High School miteinander ausgegangen waren, über unsere Trennung, bis hin zu dem Treffen mit „Prince Charming" auf dem Ball und wie ich dann herausgefunden hatte, dass er der Redakteur meines Lieblingsverlags war, der mein Buch abgeschossen hatte.

„Und nun habe ich mich auf diese Roman-Challenge eingelassen, die Courtney vorgeschlagen hat. Wir folgen dem Roman bis aufs Wort und wenn Brooks sich in mich verliebt, veröffentlicht er mein Buch, wie es ist, ohne, dass ich Änderungen daran vornehmen muss. Und wenn er sich nicht in mich verliebt, stimme ich seinen Änderungen zu und er wird mein Buch veröffentlichen."

Krista klatschte in ihre Hände. „Juhu, das ist so aufregend! So oder so bekommst du einen Buchvertrag."

„Das hat Courtney auch gesagt, aber so einfach ist es nicht. Schaut, ich muss auf mein Buch vertrauen können und ich möchte keine Änderungen vornehmen. Wenn diese Wette nicht nach meinem Plan verläuft, werde ich all die besten Stellen aus meinem Roman herausnehmen müssen."

„Was für ein Dilemma", meinte Missy, als der Barkeeper die zweite Runde unserer Drinks abstellte.

„Wo wir gerade von Plänen sprechen . . ." Ich nahm mir einen weiteren cremig-aussehenden Cocktail und sah zu Krista. „Ich muss dich um einen Gefallen bitten. Kann ich mir für einen Abend dein Apartment ausleihen?"

Ihre Augenbrauen zogen sich zusammen. „Na klar, aber weshalb?"

Ich blickte von Missy zu Krista und lächelte dann. „Weil dein Apartment eine Feuerleiter hat und ich eine brauche."

Krista rollte ihre Hand in ihre Richtung. „Nochmals frage ich, weshalb?"

Ich nahm einen Schluck meines Cocktails und ließ mir den Geschmack auf der Zunge zergehen, bevor ich antwortete. „Denn, meine lieben Ladys, „Kapitel Zwei" ist der Grund weshalb. Oh, ja . . ." Ich rieb meine Hände in einer spöttisch-teuflischen Geste aneinander. „Nachdem Brooks und ich Kapitel zwei nachgespielt haben, wird der Buchvertrag mir gehören. Muhahahahaha."

KAPITEL SIEBEN

Obwohl ich die moderne Märchenromanze *Es war einmal ein Date* selbst geschrieben hatte und sie so gut wie auswendig konnte, las und las ich das Kapitel trotzdem erneut, um sicherzugehen, dass jedes einzelne Detail korrekt war. Auf keinen Fall ließ ich Brooks aufgrund einer Formalität gewinnen.

Er blieb hartnäckig, dass die Romanze in meiner Geschichte nicht im echten Leben passieren konnte. Also, falls (wenn) er sich dann doch in mich verliebte, gab es keine Chance, dass ich zulassen würde, dass er sich aus dem Vertrag schlängelte, indem er behauptete, ich hätte mich nicht an das Skript gehalten.

Würde er andererseits überhaupt versuchen, sich an einer Formalität aufzuhängen? Der Brooks, den ich kannte, hatte Integrität und ich würde gerne denken, dass er sich nicht verändert hatte. Ich meine, auf dem Ball hatte er definitiv Gentleman-Tendenzen gezeigt, aber konnte das alles ein Schauspiel gewesen sein? Ich war anderer Meinung, aber dann, wer wusste das schon? Es war ja auch nicht so, als hätte ich erwartet, dass er mich aus heiterem Himmel am Tag vor dem Abschluss sitzen lässt.

Krista hatte zugestimmt, dass ich für den Abend ihr Apartment haben konnte und, mit ein paar Anpassungen, war der Schauplatz vorbereitet. Das war nicht völlig überraschend, da ich die fiktive Szene für Kapitel zwei mit Kristas Wohnung im Kopf geschrieben hatte.

Ich warf zum gefühlt hundertsten Mal einen Blick auf mein Handy, fast schon in der Hoffnung, dass Brooks mir eine Nachricht hinterlassen hatte, um Bescheid zu sagen, dass er nicht kommen konnte. Ich war gleichzeitig aufgeregt und nervös. Immerhin war das hier mehr als nur ein Fake-Date. Meine zukünftige Karriere stand auf dem Spiel. Doch mein Smartphone-Display war leer, ohne verpasste Anrufe und ohne neue Nachrichten. Das Spiel hatte begonnen.

Ich atmete einmal tief durch. Okay, es war fünfmal und es wurde schließlich Zeit, meinen Plan in die Tat umzusetzen. Da ich Kristas Apartment nicht in Brand setzen wollte und auch nicht wollte, dass es nach Rauch roch, holte ich die Packung mit Räucherstäbchen aus meiner Tasche und stellte sie auf dem Fensterbrett auf, bevor ich vorsichtig jedes einzelne anzündete. Bis ich das zehnte angezündet hatte, war das erste zur Hälfte abgebrannt. Eine große Rauchwolke bildete sich, also öffnete ich das Fenster einen Spalt und erlaubte dem aromatischen Qualm hinaus in die Abendluft zu ziehen. Es war exakt neunzehn Uhr, was hieß, dass Brooks haargenau in diesem Moment unten auf der Straße vorbeischlendern sollte.

Ich biss mir auf die Unterlippe und blickte aus dem Fenster, während mein Bauch vor Vorfreude kribbelte. Als ich Brooks unten entdeckte, schlug mein Magen einen Purzelbaum und ich lächelte. Dort stand er, sah hinauf zu dem Fenster und hielt sich die Hand über seine Augen, um das Licht der Straßenlaternen abzuschirmen.

„Hallo?", fragte er mit lauter Stimme. „Ist alles in Ordnung? Ma'am, brauchen Sie Hilfe?"

Diese Stimme, die jene Worte aus meinem Roman verwendete, ließ mir einen Schauer den Rücken hinablaufen. Ich schüttelte meinen Kopf, um die Gedanken loszuwerden. Ich musste mich an den Plan halten. Ich lehnte mich aus dem Fenster und spürte, wie die Räucherstäbchen in meiner Kehle kitzelten.

„Ja, mir geht es gut. Danke der Nachfrage. Es ist nur ein kleines Feuer, ich muss einfach nur . . ." Ich begann zu husten, während der Rest der Worte verloren ging, als ich stammelte und mich an dem dicken Rauch eines der Stäbchen verschluckte, die, multipliziert mit zehn, tatsächlich langsam dafür sorgten, dass mir schlecht wurde.

In dem Buch brennt der Heldin wirklich etwas in der Pfanne auf dem Herd an, aber der Ursprung des Rauchs spielte für die Interaktion zwischen dem Helden und der Heldin keine Rolle. Außerdem bezweifle ich stark, dass Krista es so toll fände, wenn ich ein echtes Feuer in ihrer Küche legen würde.

„Ma'am, möchten Sie, dass ich die Feuerwehr rufe?", fragte er und hielt sich perfekt an das Skript.

Ich trank ein Glas Wasser aus und steckte meinen Kopf erneut aus dem Fenster. „Nein, wirklich, es sieht schlimmer aus, als es ist."

Mit pochendem Herzen starrte ich Brooks an, der auf der Straße stand. Vielleicht hatten die Räucherstäbchen irgendeine halluzinogene Wirkung, denn er sah besser aus, als ich ihn jemals zuvor gesehen hatte und exakt so, wie ich den Helden in dem Buch beschrieben hatte. Ich schlug mir die Hände vor den Mund, als es mir dämmerte, dass ich unterbewusst meinen Helden auf Brooks basiert hatte und das lange, bevor ich ihn wieder getroffen hatte. Ich schätze, das Sprichwort stimmte, dass man seine erste Liebe niemals vergaß.

Ich wedelte den Rauch mit einem Handtuch weg, wartete auf den nächsten Teil des Kapitels und, wie aufs Stichwort, erschien Brooks' Kopf über dem Fensterbrett, der seine Nase wegen des Qualms rümpfte.

„W-Was machen Sie hier?", fragte ich und legte meine Hand auf mein Herz. „Sie hätten nicht den ganzen Weg der Feuerleiter hinaufklettern müssen, um mich zu retten. Das ist gefährlich. Sie hätten herunterfallen können."

Er kletterte durch das Fenster hinein und fuhr sich mit seinen Fingern durch seine Haare. „Ich konnte nicht einfach vor diesem Feuer davonlaufen; nicht, wenn Sie hier gefangen sind."

Ich schluckte schwer, teilweise aufgrund meiner Nerven und teilweise, weil ich spüren konnte, wie sich ein weiterer Hustenanfall anbahnte. In meinem Buch eilt der Held dann zum Herd und löscht die Flammen, bevor er alle Fenster und Türen aufreißt. Stattdessen entfernte Brooks alle Räucherstäbchen und hielt sie unter Wasser, bevor er sie in den Müll warf, was denselben Effekt hatte.

„Danke, dass Sie das Feuer gelöscht haben. Wie kann ich mich bei Ihnen bedanken? Möchten Sie vielleicht . . . ich meine, ich wollte gerade Abendessen kochen. Möchten Sie sich zu mir gesellen?"

Brooks, noch immer in seiner Rolle, grinste. „Ich geselle mich unter einer Bedingung zu Ihnen."

„Die da wäre?"

Er warf einen raschen Blick auf das Manuskript, das offen auf dem Tisch lag. „Dass Sie loslassen und sich entspannen. Sie hatten einen harten Abend. Warum gehen Sie nicht kurz duschen und werden den Rauch in Ihrer Kleidung los? Ich mache mich schnell auf den Weg und hole etwas zum Essen vom Chinesen."

„Chinesisch ist mein Lieblingsessen. Woher wussten Sie das?", fragte ich lächelnd.

Ich blieb viel länger unter der Dusche, als ich musste, denn ich wusste, wie gut besucht das Restaurant am Ende der Straße am Freitagabend war. Ich nahm mir ausreichend Zeit, um mich fertigzumachen, bis ich hörte, wie Brooks wieder zurück im Apartment war. Als ich allerdings in die Küche ging, war dort von Brooks weit und breit keine Spur. Ich wanderte in das Wohnzimmer und fand ihn draußen auf der Feuerleiter. Kristas kleiner Beistelltisch war dort auf dem winzigen Balkon aufgestellt worden und Kerzen brannten in Glashaltern. Zwei Gedecke waren angerichtet. Books hatte eine Flasche Wein geöffnet und wollte ihn gerade in die Weingläser einschenken, als er mich dort stehen sah.

„Im Buch passiert das aber ni—"

„Ich weiß", sagte er und schüttelte den Kopf. „Ich bin ein wenig vom Skript abgewichen, weil es ehrlich gesagt so gewirkt hat, als ob der Geruch von dem Zeug in deinem Hals gekratzt hat. Ich dachte mir, es wäre unmöglich, dass du drinnen essen könntest."

„Oh, wie aufmerksam", sagte ich, aber runzelte dann

die Stirn. „Das heißt aber nicht, dass der Deal nicht mehr gilt, wenn ich gewinne, weil du den Schauplatz geändert hast, richtig?"

„Du weißt, dass ich so etwas nicht tun würde", antwortete er und ich seufzte erleichtert. „Außerdem wirst du nicht gewinnen."

„Das werden wir ja noch sehen, Brooks."

„Ja, das werden wir sehen", sagte er und schenkte mir ein Grinsen, das diese blauen Augen zum Funkeln brachte.

Wir hielten uns wieder an das Skript und, obwohl es ein unechtes, fiktives Date war, war dieses Abendessen eines der romantischsten Dates, die ich jemals gehabt hatte. Ich kämpfte damit, die Realität von der Fiktion zu trennen, als Brooks über die Geschichten aus meiner Kindheit lachte, während er mir in die Augen blickte.

„Also, nun erzähl mir von dir", sagte ich, denn im Buch fragt die Heldin ihren Retter nach seinem Leben und während er sich ihr öffnet, merkt sie, dass sie sich langsam in ihn verliebt.

„Ich hatte eine glückliche Kindheit. Dann bin ich groß geworden, aufs College gegangen und habe mich verliebt."

Ich realisierte, dass ich meinen Atem anhielt, während er sprach, also atmete ich sanft aus, damit er es nicht bemerkte. „Und ... was ist mit ihr passiert?"

Er starrte auf eine der Kerzen auf dem Tisch, wirkte tief in Gedanken versunken und ich beobachtete, wie die Flammen in seinen Augen tanzten. Er nahm einen Schluck Wein, stellte dann das Glas wieder ab und sein Kiefer spannte sich an. „Ich habe sie verloren."

Obwohl die Zeile aus dem Buch stammte, ließ mich sein Tonfall denken, dass er über mich redete. Meine

Augen begannen auf einmal zu tränen. Er nahm meine Hand und streichelte mit seinem Daumen sanft über meine Haut.

„Ich war ein Idiot. Sie hat mir alles bedeutet. Ich dachte, ich hätte das Richtige getan, sie gehenzulassen, aber ich lag falsch."

„Hat sie dich auch geliebt?"

Er nickte. „Sehr sogar."

Mein Hals schnürte sich zu. „Warum solltest du dann das, was ihr hattet, ruinieren?"

Zu diesem Zeitpunkt im Buch schrieb ich lediglich, dass der Held der Heldin seine Gründe für die Trennung mit seinem Mädchen erklärt. Also wartete ich darauf, dass Brooks mit dem nächsten Stück Dialog fortfuhr.

Stattdessen sagte er: „Sie wollte so sehr bei mir sein, dass sie bereit dafür war, ihr College-Stipendium aufzugeben, um mir zu folgen. Das konnte ich sie nicht tun lassen. Ich konnte nicht zulassen, dass sie ihre Zukunft für mich opfert, also habe ich mit ihr schlussgemacht, ihr zuliebe."

Ich schluckte schwer und fragte mich, ob er über uns— Brooks und Michelle—und nicht über die Charaktere in dem Buch sprach.

„Hast du ihr gesagt, dass das der Grund war?", fragte ich, da Brooks mir nie erzählt hatte, warum er unsere Beziehung so plötzlich beendet hatte.

„Nein, das konnte ich ihr nicht sagen, sonst hätte sie vielleicht versucht, es mir auszureden. Stattdessen habe ich sie gehenlassen. Diesen Fehler werde ich nie wieder machen", sprach er, während er mich mit seinen blauen Augen direkt ansah.

Als ich dort saß und ihn geschockt anstarrte, beugte

sich Brooks über den Tisch und hielt Zentimeter vor meinem Mund inne. Dann streichelte er zärtlich meine Wange und küsste mich. Ich schloss meine Augen und gab mich ihm hin, das Gefühl seiner Lippen an meinen so vertraut und doch so aufregend. Dann hörte er auf, exakt wie ich es ganz am Ende des zweiten Kapitels geschrieben hatte und lehnte sich wieder auf seinem Stuhl zurück.

Mein Herz pochte wie wild. Nicht auf gute Weise, so als ob ich mir sicher wäre, dass ich die Herausforderung gewonnen hatte. Mein Herz klopfte aufgrund der Art, wie Brooks mich angesehen, mit mir geredet und mich geküsst hatte. Man konnte nicht abstreiten, dass all die Chemie und die Gefühle zwischen uns noch immer dort waren. In diesem Moment fühlte ich mich überzeugt, dass Brooks sich in mich verlieben würde, wenn er das nicht bereits hatte. Und ich wusste, wie ich noch immer für ihn fühlte, nach all diesen Jahren.

Ich lächelte und stellte mir meine Feier für die Buchprämiere vor, mit Brooks an meiner Seite, nicht nur als mein Herausgeber, sondern auch als mein fester Freund. „Wow", sagte ich.

Emotion überkam sein Gesicht, sein Blick auf mich fixiert. Aber dann holte er tief Luft, kippte den Rest des Weines hinunter und stellte das Glas wieder ab. Er räusperte sich. „Also, auf welches kitschige, unrealistische Date schleppst du mich als nächstes?"

Ich blinzelte. „Ähm, was?"

Er sah mir direkt in die Augen. „Was immer du auf Lager hast, ich bin dafür bereit. Nur einen Schritt näher, dein Buch so zu veröffentlichen, wie *ich* es will, was mehr Verkäufe einbringen wird. Du wirst schon sehen."

Mein Herz blieb stehen. Er hatte es doch nur gespielt, obwohl ich mir seiner Gefühle in diesem Kuss so sicher gewesen war. Aber egal. Dieses Spiel konnten zwei spielen. Ich trank mein Glas aus und lächelte ihn süß an, mehr entschlossen zu gewinnen als je zuvor.

KAPITEL ACHT

Ein paar Tage später wartete ich darauf, dass Brooks zu unserem nächsten fiktiven Date auftauchte. Es war ein schöner Tag und am strahlend blauen Himmel hingen nur hier und dort ein paar fluffige, weiße Wolken. Zum Dank, mich vor dem „Feuer" in Kristas Apartment gerettet zu haben, packte ich alles für ein Picknick zusammen und wir wollten (laut meinem Buch) eine Fahrt auf einem Ruderboot für zwei machen.

Ich strich mein Kleid glatt und rieb meine Arme. Ich hielt mich an die Handlung meines Buchs und zog ein weißes *Broderie Anglaise*-Kleid im Lochmusterstickerei-Stil mit kurzen Puffärmeln, einem herzförmigen Ausschnitt und einem bauschigen Rock, der mir kurz bis unter die Knie reichte, an. Kombiniert mit schlichten, blauen Ballerinas fühlte sich das Outfit perfekt für einen sonnigen Tag am Fluss an. Eine sanfte Brise streichelte meine Haut und ich rieb mir erneut über meine Arme, in dem Wunsch, ich hätte die Heldin in dem Buch eine Jacke mitbringen lassen.

„Hallo." Brooks' Stimme unterbrach meine Gedanken,

weshalb ich nun aus einem völlig anderen Grund Gänsehaut bekam.

„Hey", sagte ich und fühlte mich auf einmal schüchtern, was so untypisch für mich war, besonders bei einem Mann, den ich quasi mein halbes Leben lang kannte.

„Bist du bereit für unser Faux-Date Nummer zwei?"

Seine Worte trafen mich. Ich wusste, dass er recht damit hatte, dass es ein fake Date war, aber trotzdem. Ihn das sagen zu hören fühlte sich falsch an. Ich stemmte eine Hand in die Hüfte. „Weißt du, wenn du eigentlich wo anders sein müsstest …"

Er schüttelte den Kopf. „Keine Chance, Michelle. Du wirst das nicht von vornherein gewinnen. Wir halten uns zu einhundert Prozent an das Skript."

Ich zog eine Augenbraue nach oben. „Du bist heute aber sehr optimistisch."

Er nahm mir meinen Picknickkorb ab und lud ihn auf das im Wasser wartende Ruderboot, bevor er mir seine Hand entgegenstreckte. „Warum sollte ich das nicht sein? Ich habe den Nachmittag frei und ich bin in Begleitung der schönsten Frau in Sacra… ich meine, New York."

Ich lächelte trotz meiner Nervosität, aber mein Lächeln verschwand schon bald, als ich das Boot betrat, das von links nach rechts schaukelte, weshalb ich mich mit einem Plumps hinsetzte.

Sobald wir allerdings auf dem Sacramento River waren, entspannte ich mich und sah zu, wie Brooks das Boot ruderte und seine starken Muskeln sich unter seinem weißen T-Shirt anspannten.

Er nickte in die Richtung der Skyline. „Sieht genau wie Central Park in deinem Buch aus, oder?"

Ich lachte. „Naja, besser wird es leider nicht, außer du möchtest ungefähr dreitausend Meilen fahren, um nach New York zu kommen."

Hier draußen auf dem Wasser hatte der Wind ein wenig angezogen und ich zitterte. Brooks legte die Ruder auf den Boden des Boots und drehte sich nach hinten zu seinem Rucksack um. Er holte eine türkise Decke heraus und reichte sie mir.

„Ich dachte, du würdest vielleicht frieren, also habe ich die hier mitgebracht", meinte er.

Mein Bauch kribbelte. Einen Moment lang fragte ich mich, warum das hier nicht echt sein konnte. Seufz. Doch ich versuchte, meine Gefühle zu verbergen. Ich lächelte, nahm dankbar die dünne Decke entgegen und legte sie um meine Schultern, als ich bemerkte, dass sie groß genug für zwei war.

Brooks nahm sich die Ruder und begann erneut zu rudern, während er leise vor sich her sang. *„It don't take a word, not a single word, go on and kiss the girl…"*

Meine Mundwinkel zogen sich nach oben. „Die kleine Meerjungfrau?"

Er lachte. „Naja, es hat sich wie ein Disney-Moment angefühlt."

„Ah, aber steht das in meinem Buch?"

Er schüttelte den Kopf. „Nö, das ist nur ein wenig künstlerische Freiheit. Okay, also zurück zum Skript."

Ich dachte einen Moment lang nach. „Nun, ich glaube, jetzt ist es soweit, dass unser Held realisiert, dass er das Mädchen seiner Träume kennengelernt hat."

Brooks sah mir länger als nötig in die Augen und ohne seinen Blick abzuwenden sagte er: „Ich glaube, da hast du recht, aber realisiert nicht auch sie, dass er ihr . . . wie nennst du ihn in dem Buch? Er auch ihr *perfekter* Verehrer ist?“

Meine Wangen wurden ganz warm, als er diesen süßen, aber altmodischen Begriff verwendete, den ich liebte. Als ich das Buch geschrieben hatte, hatte ich nicht gedacht, dass mein Ex-Freund und bislang Liebe meines Lebens es lesen würde. „In dem Buch, ja, da realisiert sie das.“

Ein kurzer, enttäuschter Gesichtsausdruck huschte über sein Gesicht, woraufhin sich meine Augenbrauen zusammenzogen.

„Also, was gibt es zum Mittag?“ Er nickte in die Richtung des Picknickkorbs, für den ich die ganze Stadt abgesucht hatte, um ihn zu finden, um die Details so nah wie möglich an der Geschichte zu halten. Es war ein traditioneller geflochtener Weidenkorb. Wenn man den Deckel abnahm, kamen ein paar hübsche Teller zum Vorschein, aus blauem und weißem Porzellan natürlich, zusammen mit jeweils zwei Paar von allem anderem, inklusive einem Paar Gläser.

„Brot, Käse, geräucherte Würste, Oliven und, ähm . . .“ Ich ging im Kopf meine Einkaufsliste vom Vortag durch. „Sonnengetrocknete Tomaten, Hummus, Erdbeeren, oh, und eine Flasche Wein. Und, zu guter Letzt . . .“ Ich zog einen Flaschenöffner aus meiner Tasche. „Ta-da!“

Er warf mir einen seitlichen Blick zu, während er ruderte. „Ich bin beeindruckt. Du hast wirklich an alles gedacht. Tatsächlich fehlt nur eine Sache.“

Mein Herz setzte einen Schlag aus, als ich realisierte, dass er sich wieder an das Skript hielt. „Oh, und was wäre das?“

Er beugte sich nach vorn, genau wie er es auf der Feuerleiter bei Krista getan hatte und berührte meine Lippen
sanft mit seinen. Mein Bauch schlug einen kleinen Salto
und meine Lippen wurden warm, bis er abrupt
zurückwich.

„Oh, nein!", rief er.

Ich öffnete meine Augen. „Oh, nein, hm?"

„Halt dich gut fest, Michelle. Das wird holprig!"

Ich runzelte die Stirn. „Naja, das würde ich nicht sagen.
Ich meine . . . wir haben uns kaum gestritten, als wir
damals miteinander ausgegangen sind."

„Im Ernst, Michelle. *Halt* dich einfach fest!"

Ich blickte noch rechtzeitig auf, um zu sehen, wie ein
Motorboot an uns vorbeiraste und Welle nach Welle in
seinem Kielwasser hinterließ—Wellen, die direkt auf unser
Boot zukamen.

Aus irgendeinem mir unbekannten Grund bekam ich
Panik und stand auf. Die Decke, die Brooks mir gegeben
hatte, fiel zu meinen Füßen und das Boot schwankte kräftig. Dann stand Brooks auch auf und streckte seine Hand
aus, um mich festzuhalten. Doch als ich einen Schritt auf
ihn zuging, verfing sich mein Fuß in der Decke und die
ganze Welt stand eine Sekunde lang still, bevor ich seitlich
umkippte. Brooks‘ bestürzter Gesichtsausdruck war das
Letzte, was ich sah, bevor ich kurzerhand unsanft in das
Wasser fiel. Als ich wieder an die Oberfläche kam und
meine Augen rieb, veränderte sich Brooks‘ Gesichtsausdruck in einer halben Sekunde von Schrecken zu
Belustigung.

Er streckte seinen Arm aus. „Lass mich dir helfen."

„Nein, ich kriege das hin. Ich brauche deine Hilfe

nicht", stammelte ich, ignorierte seine Hand und hielt mich an der Seite des Boots fest.

„Michelle, warte, nein. Halt dich nicht an dem—" Dann ging der Rest der Welt unter, wortwörtlich, als Brooks mit einem Platschen neben mir landete, das Boot sich umdrehte und mein Picknickkorb in den Fluss wanderte.

Wie aus dem Nichts kündigte ein plötzlicher Donner den bevorstehenden Regen an, woraufhin ich bemerkte, dass die fluffigen, weißen Wolken von vorhin nun unheilvoll dick und grau geworden waren. Ich wusste, dass Brooks ein guter Schwimmer war, also machte ich mir keine Sorgen um ihn, doch ich war ein wenig besorgt darüber, wie er darauf reagieren würde, dass ich ihn in den Fluss geschmissen hatte.

Er tauchte wieder auf, rieb sich die Augen und starrte mich gefühlt eine ganze Minute an, bevor er die paar Meter zu mir schwamm. Ich ließ mich aufrecht im Wasser treiben und bereitete mich auf seine Verärgerung vor, indem ich meine Augen schloss. Dann riss ich meine Augen weit auf, als ich seine Lippen an meinen spürte. Nur, dass es dieses Mal kein leichter und gehauchter Kuss war. Dieses Mal ergriffen seine Lippen meine. Ich öffnete meinen Mund und wir schmeckten einander, hungrig und verschlingend. Ich hatte das vermisst. Ich hatte *ihn* vermisst.

Doch dann erinnerte ich mich, warum wir uns getrennt hatten. Wie er mich verletzt hatte.

Ich wich abrupt zurück und bemerkte hinter seiner Schulter, dass sich eine kleine Menschenmenge am Flussufer versammelt hatte, um zuzusehen, wie das Rettungsboot näherkam. Ohne zu Brooks zu schauen, schwamm ich auf das Boot zu. Die Zuschauer jubelten, als wir an Bord gezogen und warme Decken um uns gelegt wurden.

Sobald wir hinten auf dem Boot saßen, wagte ich es, zu Brooks hinüberzuspähen. Seine blauen Augen waren auf mich gerichtet. „Ich habe dich vermisst, Michelle. Mehr, als ich es überhaupt wusste", sagte er.

Mein Bauch begann bei seinen Worten unwillentlich zu kribbeln. Dann küsste er mich erneut und erneut, obwohl das ziemlich sicher *nicht* so im Buch stand.

KAPITEL NEUN

Nachdem sie uns Handtücher gegeben hatten, damit wir uns abtrocknen konnten und sie sichergegangen waren, dass wir nicht an Unterkühlung litten, ließ uns die Rettungscrew am Flussufer raus. Ich nahm an, dass das hieß, dass das Date-das-kein-Date-war vorbei war, obwohl meine Lippen noch immer durch seine Küsse kribbelten.

Brooks hielt mir seine Hand entgegen. „Also, wohin nun?"

„Naja, der Picknickkorb liegt am Grund des Flusses. Allerdings denke ich nicht, dass wir fürs Abendessen gekleidet wären, oder du?" Ich lachte, um meine Nervosität zu überspielen, während meine Zähne klapperten, als der Regen weiterhin auf uns hinabprasselte.

Er griff nach meiner Hand und vereinte seiner Finger mit meinen. „Na komm, wir müssen aus diesem Regen raus, bevor wir uns beide noch eine Lungenentzündung holen."

Ich blickte hinunter auf unsere gefalteten Hände. „Okay…"

Wir rannten entlang des Flussufers von Baum zu Baum und versuchten, so gut wie möglich der Sintflut zu entgehen, bis dort keine Bäume mehr standen. Dann eilten wir auf die Straße, wo Brooks ein Taxi sah, das in unsere Richtung kam und es uns anhielt. Er wartete im Regen, während ich einstieg, bevor er sich neben mich setzte. Der Taxifahrer wirkte nicht allzu begeistert darüber, dass seine Sitze klatschnass wurden, aber er schien durch das ziemlich ordentliche Trinkgeld besänftigt, das Brooks ihm gab, als wir ein paar Minuten später wieder ausstiegen.

„Es ist eine gute Sache, dass ich meinen Geldbeutel in meiner Tasche hatte anstatt in meinem Rucksack", meinte Brooks, als das Taxi davonfuhr. Wir gingen entlang des Bürgersteigs und die Leute beeilten sich, um den Regen zu meiden, den wir Kalifornier so selten genießen durften.

Brooks und ich sahen uns um und versuchten, zu entscheiden, wohin wir gehen wollten. Wir konnten nicht noch nasser werden, als wir es bereits waren, aber ich wollte mich mehr als alles andere aufwärmen.

Wir entdeckten ihn beide zur gleichen Zeit – einen altmodischen Buchladen, inmitten eines Cafés und einer Modeboutique. Die Schaufenster der Buchhandlung waren vollgestopft mit Bücherstapeln, die verlockend als „Buch der Woche", „Bestseller", oder „Lokaler Autor" bezeichnet wurden. Ich konnte nicht anders, als zu hoffen, dass ich eines Tages auch in die letzte Kategorie gehören würde.

Brooks und ich sahen einander an und ich fragte mich, ob er an dieselben beiden Dinge dachte—erstens, dass es keinen besseren Ort gab, um sich aufzuwärmen, als in einem gemütlichen Buchladen und zweitens, dass vielleicht eines Tages mein Buch in diesem Schaufenster ausgestellt sein würde.

Er hielt meine Hand und wir eilten über die Straße, während wir dem Verkehr auswichen, als wir rannten. Der starke Regen hatte riesige Pfützen neben dem Gehweg entstehen lassen. Ich verzog das Gesicht bei dem Gedanken, dass meine Füße noch einmal durchnässt werden würden, aber ich musste von der Straße herunter. Brooks stand mit einem Fuß auf der Straße und dem anderen auf dem Bürgersteig, bevor er mich auf einmal in seine Arme hob und mich über die Pfütze trug.

Schließlich ließ er mich auf dem Gehweg nach unten, aber nahm seine Hand nicht von meiner Taille. So standen wir dort, im Regen, mit seinen Armen um mich, während ich zu ihm hinaufblickte, das Regenwasser von seinen Haaren tropfte und in seine Augen fiel. Ich hob meine Hand, um ihm das Haar aus seinem Gesicht zu streichen und lächelte ihn an, obwohl wir beide durchnässt wurden.

Die Buchhandlung öffnete sich mit einem altmodischen Klingeln, als jemand den Laden verließ und wir ergriffen die Chance, um hineinzueilen, wo wir augenblicklich von Wärme empfangen wurden. Eine Buchhandlung zu betreten war, wie nach Hause zu kommen. Ich stand einen Moment lang still und atmete den unverkennbaren Duft von alten Büchern und Ledersesseln ein.

„Biblichor", sagte er.

Ich sah zu Brooks hinauf. „Was hast du gesagt?"

„Biblichor. Das ist ein Wort, das ich einmal gelesen habe, das den Geruch von alten Büchern beschreibt. *Biblos* heißt Bücher, offensichtlich, und *ichor* hat irgendetwas mit dem Blut zu tun, das durch die Venen der Götter fließt.

Jedenfalls habe ich einmal etwas darüber gelesen und es ist bei mir hängengeblieben. Das ist das, was dir aufgefallen ist, oder?"

„Ja . . ." Ich fragte mich, wie dieser Mann, den ich fast ein ganzes Jahrzehnt lang nicht gesehen hatte, zurück in mein Leben kommen und meine Gedanken so gut lesen konnte.

Die Besitzerin des Ladens kam rasch zu uns hinüber und stellte sich als Hilda vor. Sie war eine ältere Dame mit langem, grauem Haar und einer Brille mit dickem Rahmen. „Meine Lieben, ihr müsst bestimmt frieren. Kommt und setzt euch bitte vor die Heizung, um euch aufzuwärmen."

„Vielen Dank", sagte Brooks und legte seinen Arm um mich.

„Ich befürchte, dass es nicht ganz das Ambiente eines Kamins ist, denn . . ." Sie streckte ihren Arm in einer Geste aus, um auf die tausenden Bücher zu deuten, die innerhalb von Minuten abbrennen würden. „Aber die Heizung wird euch trotzdem aufwärmen und euch hoffentlich gut dabei helfen, euch zu trocknen."

Wir folgten ihr durch ein Labyrinth an Bücherregalen, bis wir uns in einer ruhigen Ecke des Ladens wiederfanden, ganz hinten, wo eine elektrische Heizung langsam hin und her schwenkte und eine sanfte Hitzewelle abgab. Zwei ochsblutfarbene Chesterfield-Ledersessel standen so ausgerichtet vor der Heizung, dass sie zur Hälfte auf einander zeigten und daneben stand ein tiefer Mahagoni-Kaffeetisch, damit die Wärme nicht blockiert wurde.

Diese Ecke des Ladens entsprach meiner Vorstellung des Himmels.

„Lasst mich euch etwas bringen, damit euch warm

wird, einen Kaffee eventuell, oder eine heiße Schokolade? Ich habe im Hinterzimmer immer etwas da . . ." Hilda eilte davon, bevor wir eine Chance hatten, abzulehnen und ließ uns dort gegenüber voneinander stehen.

Brooks grinste. „Es ist wie—"

„Damals in der High School?", beendete ich, denn ich hatte mir dasselbe gedacht. Einige unserer schönsten Tage hatten wir in Buchhandlungen und Büchereien verbracht, als wir Jugendliche waren und fast all unsere Dates waren in einem oder dem anderen geendet.

Irgendwann im Laufe der nächsten zwei Stunden war Brooks von seinem Sessel auf den Boden vor meinem gewandert, wie er es immer gemacht hatte und war vertieft in *Der Fänger im Roggen*, einem Buch, das er in der Schule viele Male gelesen hatte. Ich dagegen hatte es mir auf meinem Sessel gemütlich gemacht und las *Betty und ihre Schwestern*, begeistert (wie ich es immer gewesen war) von den Abenteuern von Jo, Meg, Beth und Amy. Ich spielte geistesabwesend mit Brooks' Haaren, die in Locken um seinen Nacken getrocknet waren. Ich fand heraus, dass es schwer war, von diesem Mann loszukommen.

„Es tut mir sehr leid, aber ich muss den Laden jetzt schließen." Hildas Stimme brachte uns beide zum Zusammenzucken und ich war begeistert (und ein wenig peinlich berührt) zu sehen, dass wir seit mehr als zwei Stunden in diesem Laden gesessen waren. Es war so, wie es immer mit Brooks, mir und den Büchern gewesen war. Wir verloren uns in einander und den Geschichten, die wir lasen und die Zeit verging einfach wie im Flug.

Brooks sprang vom Boden auf und zog mich sanft auf meine Beine. Während ich gähnte und mich streckte, unwillig, die Wärme der Heizung zu verlassen, konnte ich Brooks und Hilda reden und lachen hören. Ich schlüpfte meine Füße wieder in meine blauen Schuhe und gesellte mich zu ihnen, als sie an der Tür standen.

Wir dankten der Frau ausgiebig für ihre Freundlichkeit und Güte, bevor wir hinaus in den frühen Abend traten, der nun gottseidank trocken war. Ich gähnte erneut.

„Gelangweilt?", fragte er mit einem Kichern.

„Ganz und gar nicht." Ich schüttelte meinen Kopf, während wir den Bürgersteig hinabschlenderten. „Tatsächlich war es so gemütlich und entspannend, dass ich dort die ganze Nacht hätte bleiben können", sagte ich und bemerkte, dass seine Hand erneut meine gefunden hatte. Ich blieb stehen und wandte mich ihm zu. „Danke."

Er sah zu mir hinunter, seine Augen funkelten. „Wofür?"

Ich stellte mich auf meine Zehenspitzen und gab ihm einen Kuss auf die Wange. „Für das beste Nicht-Date überhaupt."

„Gern geschehen. Und . . ." Er reichte mir eine Papiertüte, wobei ich nicht einmal bemerkt hatte, dass er sie in seiner anderen Hand gehalten hatte. „Ich hoffe, dir gefällt dieses Andenken an unser bestes Nicht-Date überhaupt."

„Was hast du gemacht?" Mein Puls schnellte in die Höhe, als ich die Tüte öffnete. Ich zog das Exemplar von *Betty und ihre Schwestern* heraus, das ich gelesen hatte. Ich blickte mit Tränen in den Augen zu ihm hinauf. „Das . . . das ist das romantischste Geschenk, das ich jemals bekommen habe. Dankeschön."

Er lächelte und schlang seinen Arm um meine Schultern, so wie er es vor zehn Jahren getan hatte. Doch als wir wieder losliefen, bemerkte ich etwas, das mich augenblicklich stehenbleiben ließ. Alle Läden, an denen wir vorbeigekommen waren, waren geschlossen, bis auf der, vor dem wir standen—das gehobene Geschäft für Herrenkleidung Taylor & Sons. Darin brannten die Lichter und ein Verkäufer scannte an der Kasse die Etiketten für einen Kunden, den ich augenblicklich erkannte.

Mein Blick wanderte zu dem riesigen Stapel an Kleidung, die gefaltet und in Papier gewickelt wurde, bevor der Verkäufer sie vorsichtig in Tüten steckte.

„Phillip!", rief ich.

Brooks sah mich an und folgte dann meinem Blick zu dem Laden, wo mein Stiefbruder dem Kassierer eine Kreditkarte reichte, die dieser lächelnd entgegennahm.

„Phillip? Also der „du musst neuntausend Dollar Mietrückstände ausgleichen"-Phillip?"

Ich nickte und war zu verblüfft, um zu sprechen, seitdem ich meinen Stiefbruder beim Einkaufen entdeckt hatte. Brooks ging auf die Tür der Boutique zu, aber ich legte eine Hand auf seinen Arm, um ihn aufzuhalten. „Bitte, nicht."

Er sah mich mit gerunzelter Stirn an. „Bist du dir sicher? Michelle, er nutzt dich aus und du lässt ihn. Lass uns da reingehen, ihnen sagen, dass sie das Geld wieder auf seine Karte zurückbuchen sollen und dann bringen wir ihn dazu, das Geld von der Karte abzuheben, um stattdessen den Vermieter zu bezahlen."

Ich schüttelte meinen Kopf. „Brooks, bitte, ich möchte dort drinnen keine Szene machen. Ich hasse Konfrontation, besonders in der Öffentlichkeit. Hör mal, können wir einfach gehen? Bitte? Ich werde mich zu meiner eigenen Zeit auf meine eigene Weise um ihn kümmern.“

„Aber—“

„Ich sagte, ich will das nicht machen“, erklärte ich, drehte mich um und ging weiter den Bürgersteig entlang.

Ich lief mit raschen Schritten, da ich mich so weit wie möglich von Phillip und seiner letzten Shoppingtour entfernen wollte. Obwohl er still war, lief Brooks neben mir und wir gingen nebeneinander her, ohne zu reden. Ich fühlte mich schlecht, dass ich ihn irgendwie ein wenig angefahren hatte, aber gleichzeitig hatte ich das Gefühl, dass es nicht fair von ihm war, mich zu etwas zu drängen, das ich nicht tun wollte. Gerade, als ich das Gefühl hatte, dass das gesamte Date ruiniert war und ich darüber nachdachte, etwas zu sagen, legte er urplötzlich seine Hand um meine. Mein Bauch kribbelte und die Berührung mit ihm ließ mich augenblicklich besser fühlen. Ich sah zu ihm, um ihm ein kleines Lächeln zu schenken und im Gegenzug zogen seine Mundwinkel sich nach oben.

KAPITEL ZEHN

Trotz des desaströsen Endes des Dates—und wann war es jemals *nicht* desaströs, wenn Phillip involviert war?—war ich noch immer guter Dinge. Es hätte nicht besser laufen können, wenn ich das Date selbst geschrieben hätte. Meine Zufriedenheit beinhaltete ein winzig kleines bisschen Selbstgefälligkeit, da ich Brooks das Gegenteil bewiesen hatte, aber hauptsächlich war es pure Freude darüber, etwas geschrieben zu haben, das sich als ein wirklich gutes Buch herausgestellt hatte, so, wie es hätte geschrieben sein sollen und nicht mit „realistischen" Ergänzungen, die nicht so romantisch waren.

Ich fühlte mich inspiriert und Ideen schwirrten mir im Kopf herum. Ich hatte nicht vorgehabt, einen zweiten Teil oder eine ganze Buchreihe zu schreiben, aber die Charaktere unterhielten sich in meinem Kopf und wer war ich, ihre Geschichte nicht auszuformulieren? Je mehr ich darüber nachdachte, desto mehr machte es Sinn.

Mit meinem ersten Manuskript ausgedruckt und um mich auf der Küchentheke verteilt, ließ ich mich auf dem

Barhocker nieder, um an Buch zwei zu arbeiten, als es an der Tür klopfte. Wer konnte das sein? Brooks? Mein Herz setzte einen Schlag aus und ich stand auf, um—

„Heute ist dein Glückstag!“ Krista kam hineingestürmt und auf mich zu stolziert, mit einer Einkaufstüte in der einen und einer Flasche Wein in der anderen Hand. „Ich koche heute für Missy und dich Abendessen. Hat sie dich angerufen und dir davon erzählt?“

„Nein“, sagte ich und fand, dass sie wirklich sehr süß war, aber ich hatte im Moment keine Zeit für Besuch, da gerade meine Muse zu mir sprach. Als eine Schriftstellerin musste ich die Ideen aufschreiben, während sie von alleine kamen. „Oh, hey, das ist wirklich nett von dir, Krista, aber—“

„Kein aber, es ist schon Ewigkeiten her, seitdem wir zu Hause einen Mädelsabend gemacht haben.“ Sie stellte ihre Tüte auf der Küchentheke ab, direkt auf mein Manuskript für Buch eins. Sie warf mir einen Blick zu und sah dann hinunter zu den verteilten Seiten. „Hast du gearbeitet?“

Ich nickte. „Ich habe Ideen für einen zweiten Teil und muss die Szenen aufschreiben, während sie noch frisch in meinem Kopf sind.“

„Kein Problem.“ Krista fuhr mit ihrem Daumen und Zeigefinger in einer Reißverschluss-Bewegung über ihre Lippen und flüsterte dann: „Ich werde mucksmäuschenstill sein, versprochen.“

Ich grinste. Es *wäre* zu gut, mit den Mädels zu Abend zu essen. Wir konnten uns auf den neusten Stand der Dinge bringen und ich konnte ihnen alles über mein Date erzählen. Aber als erstes . . . Schreiben. Wenn es eines gab, das ich wusste, dann war es meine Muse nicht zu enttäuschen, wenn sie voller Tatendrang war. Ich ließ mich wieder auf dem Barhocker nieder und zog meine Seiten unter Kristas Tüte hervor.

„Oh, Michelle! Du wirst niemals erraten, was meine Chefin gemacht hat", sagte sie, so als ob sie ihr Versprechen, leise zu sein, bereits vergessen hatte.

„Ich bin mir sicher, das werde ich nicht." Ich warf Krista einen spitzen Blick zu, aber sie war damit beschäftigt, Knoblauch zu schneiden und sah nicht auf, um zu bemerken, dass ich sie anstarrte.

Sie hielt inne, das Messer in die Luft gehoben. „Meine Chefin hat in ihren Handspiegel geschaut und uns immer wieder gefragt, ob wir eine Falte auf ihrer Stirn sehen können. Das konnte keiner von uns, weil, wie du weißt, hat sie eine Menge gezahlt, damit sich darum gekümmert wurde, da dort einmal Falten waren und nun ist da *nada*."

„Krista, ich muss das hier wirklich ausformulieren, wenn wir zu Abend essen wollen."

„Oh, stimmt. Kein Problem." Sie nickte und machte sich wieder ans Schnippeln. Ich hatte erst zwei Sätze meines ersten Abschnitts getippt, als Krista zu lachen begann. Ihr Blick schnellte zu meinem und sie verdeckte ihren Mund mit ihrer Hand. „Ups, sorry. Ich habe nur über den Spiegel nachgedacht, den meine Chefin herausgeholt hat, der wie eine Lupe aussah, während sie darauf beharrt hat, dass dort eine neue Falte wäre. Da war keine, aber sie wollte nicht auf uns hören. Weißt du?"

„Ich kann es mir vorstellen …"

„Ich meine, ich weiß, dass sie wahrscheinlich Mitte fünfzig oder so ist, aber trotzdem. Älter werden gehört einfach dazu. Kein Grund, sich deswegen verrückt zu machen, oder? Ich freue mich sowas von *überhaupt* nicht auf die Wechseljahre."

Ich fixierte meinen Blick auf das Stückchen Knoblauch, das Krista auf meinen Laptopbildschirm geschleudert hatte und beobachtete, wie es langsam wie eine richtig beißend riechende Schnecke hinunterrutschte.

„Entschuldige, entschuldige. Ich halte jetzt meine Klappe."

Ich wischte über den Bildschirm und setzte mich wieder hin. „Danke. Ich werde nicht allzu lange brauchen, aber ich muss das wirklich erledigen, solange die Worte kommen."

Für ein paar Minuten herrschte Stille und ich begann mich zu entspannen.

„Was denkst du, wie alt sie jedoch ist?", fragte Krista und schnitt eine Zwiebel klein. „Du bist meiner Chefin doch schon begegnet. Sie ist noch nicht annähernd im Rentenalter. Du denkst aber nicht, dass sie in Rente geht, oder? Ich würde sie wirklich hassen, wenn sie das tut. Es ist einfach, für sie zu arbeiten und man hört immer Geschichten über beängstigende Vorgesetzte und—"

„Krista, hallo? Ich schreibe ..."

„Oh, ups, schon wieder. Ich bin ruhig."

Dann fielen wir in einen fleißigen Frieden, mit mir, die an ihrer Tastatur tippte und Krista ... tatsächlich war Krista nirgendwo zu sehen, während ihre Tomaten-Basilikum-Soße überkochte, aus der Pfanne und über meine Seiten spritzte.

„Kristaaaa!"

Eine Krista mit hochrotem Kopf kam aus dem Badezimmer geschlichen, mit einem kleinen Kompaktspiegel in ihrer Hand. „Was ist denn?"

„Deine Soße kocht über. Was hast du gemacht?"

Sie kam auf meine Seite der Küchentheke und streckte ihr Kinn in meine Richtung. „Kannst du dir einmal für mich meine Stirn ansehen? Ich glaube, ich sehe eine neue Falte, aber ich bin mir nicht sicher."

Ich riss ihr den Taschenspiegel aus der Hand. „Du bist siebenundzwanzig. Du hast keine Falten, du bist nicht in den Wechseljahren und deine Soße klebt überall."

Ich setzte mich mit meinem Laptop von der Küchentheke auf die Couch, gerade, als mein Handy vibrierte. Ich lehnte mich zurück gegen die Kissen und seufzte, da ich wirklich mit meiner Arbeit vorankommen musste. Doch was, wenn meine Mutter einen Autounfall gehabt hatte? Oder ich die Lotterie gewonnen hatte? Oder irgendetwas vergleichbar Wichtiges passiert war ...

Ich sah auf den Bildschirm meines Handys und bemerkte eine Nachricht von Brooks. Mein Bauch schlug einen kleinen Purzelbaum, während ich sie öffnete: *Hey, alles ok?*

Ich schrieb eine Nachricht zurück: *Alles gut, danke. Bei dir?*

Zwanzig Sekunden später pfiff mein Telefon: *Eigentlich . . . möchte ich mich bei dir entschuldigen, dass ich dich wegen deines Stiefbruders verärgert habe. Das stand mir nicht zu und ich hätte einfach meinen Mund halten sollen.*

Ich antwortete: *Danke. Ich weiß, dass du's gut gemeint hast.*

Ein paar Sekunden später: *Kann ich es wiedergutmachen?*

Mein Herz schmolz ein wenig. Ich schrieb zurück: *Was schwebt dir vor?*

Er antwortete: *Noch ein Date. Diesmal eines aus MEINER Geschichte. Naja, wenn ich eine geschrieben hätte...*

Ich war so vertieft darin gewesen, mit Brooks zu schreiben, dass ich nicht einmal gehört hatte, dass Missy gekommen war, aber es war perfektes Timing.

„Wisst ihr was?", fragte ich und eilte zu ihr hinüber. „Brooks hat mich gerade gefragt, ob er mich auf die Art von Date einladen könnte, das er geplant hätte, wenn das *sein* Buch wäre und nicht meins. Was meint ihr?"

Mein Handy vibrierte erneut: *Also?*

Missy grinste. „Ich glaube, er lüübt dich."

Ich verdrehte die Augen. „Krista? Deine Meinung?"

Sie sah zu Missy und sie beide zwinkerten sich zu. „Du willst offensichtlich hingehen, also ja. Tu es. Michelle, der Kerl klingt wie verknallt. Woo-woo."

„Das ist genau das, worauf ich gehofft hatte, was ihr sagen würdet." Ich klatschte in die Hände und riss mich dann wieder zusammen, um zu schreiben: *Ich bin dabei. Sag mir nur wo und wann.*

* * *

Brooks hatte mir gesagt, ich solle anziehen, was immer auch bequem für mich war und ich musste zugeben, dass ich neugierig wurde. Er hatte das Date für den nächsten Abend arrangiert, was gut war. Nach nur einer Nacht, ohne ihn zu sehen, vermisste ich ihn bereits (nicht, dass ich das vor irgendjemandem zugeben würde).

„Willkommen bei Kellers." Brooks trat zurück, um mich hineinzulassen und ich betrat sein Apartment.

Genüsslich atmete ich ein. „Mmmm, irgendetwas riecht gut."

Brooks' Wohnung war wunderschön mit einem großen W. Warm und gemütlich, dort standen entlang einer der Wände Bücherregale, die vom Boden bis zur Decke mit Büchern gefüllt waren, über die Couches waren kuschelige Decken geworfen und vor dem Fenster stand ein alt aussehender Schaukelstuhl.

Brooks bemerkte, dass ich mir den Schaukelstuhl ansah. „Der hat meiner Großmutter gehört. Sie war immer in diesem Schaukelstuhl gesessen und hat mir Geschichten vorgelesen, als ich ein Kind war. Nun, wann immer ich für eine Weile abschalten möchte, setze ich mich mit einem guten Buch in den Stuhl und verliere mich ein paar Stunden. Ich liebe es, besonders, wenn es regnet, was nicht allzu oft passiert, also ist es etwas Besonderes."

„Genau wie unser Besuch in der Buchhandlung", meinte ich und sah, wie er in die Richtung des großen Fensters hinter dem Schaukelstuhl deutete. Ich konnte mir gut vorstellen, wie gemütlich es sein musste, dort zu sitzen, wenn die Welt bis auf die Worte in meinem Kopf und das Feuer, das im Kamin knisterte, still wurde.

Nachdem er mir meine Jacke abgenommen hatte, sagte Brooks mir, ich solle es mir gemütlich machen und verschwand dann in der Küche. Der Duft brachte meinen Bauch zum Knurren und nach ein paar Minuten rief er mich zu Tisch. Wie der Gentleman, der er immer war, hielt er mir meinen Stuhl hin und wartete, bis ich mich gesetzt hatte, bevor er zurück in die Küche ging und dann mit zwei großen, dampfenden Schüsseln in seinen Händen wiederkam.

„Ich habe Buchstabensuppe zum Abendessen gekocht."

Ich sah auf meine Schüssel und lachte etwas verwirrt. „Ähm . . . das sehe ich."

Er grinste. „Urteile nicht zu vorschnell. Das ist mein Spezialgericht und sie hat eine gute, lange Weile gekocht. Du wirst sie lieben."

Er machte keine Scherze. Die heiße Brühe war köstlich, kräftig und vollmundig mit winzigen, gewürfelten Gemüse-stückchen, die unter den Nudelbuchstaben schwammen. Ich brach mir ein Stück des krustigen Brotes ab und Brooks berichtete mir stolz, dass es hausgemacht war. Es passte perfekt zu der Suppe.

„Man könnte fast denken, du versuchst, mich zu beein-drucken, Mr. Keller."

Er sah mich eindringlich an. „Vielleicht tue ich das."

Ich lächelte. „Hast du dich auf Buchstabensuppe spezialisiert, damit du immer etwas zu lesen hast, selbst, wenn du isst?"

Er warf mir einen ernsten Blick zu. „Ich habe meinem Großvater immer geholfen, diese Suppe zu kochen, als ich klein war."

Ich nickte. „Ich erinnere mich an deinen Großvater. Wie geht es ihm?"

Er hörte einen Moment lang auf zu essen. „Er ist vor ein paar Jahren gestorben."

Oh nein. Ich und mein großer Mund. „Es tut mir so leid, Brooks. Ich hatte ja keine Ahnung. Er war ein so liebenswerter Mann. Woran ist er . . .?" Ich schweifte ab, da ich mir nicht sicher war, ob es angebracht war, zu fragen, wie er gestorben war, oder nicht.

„Er hatte Alzheimer, aber er ist an einer Infektion gestorben."

Ich streckte meinen Arm aus und drückte seine Hand. „Tut mir leid, Brooks. Ich weiß, wie nahe ihr beiden euch standet."

Er lächelte, sein Gesichtsausdruck in Gedanken versunken. „Als Opa im betreuten Wohnen aufgenommen wurde, habe ich jeden Donnerstag mit ihm dort verbracht. An seinen guten Tagen durfte ich ein paar Stunden lang mit ihm rausgehen. An seinen nicht so guten Tagen sind wir drinnen geblieben und haben zusammen Buchstaben-suppe gekocht. Das hat ihm immer geholfen, sich zu erin-nern, wer ich war."

Ich wusste nicht, was ich sagen sollte. Ich fühlte mich wahnsinnig traurig wegen Brooks und auch traurig über den Verlust eines solch lieben und gütigen Mannes. „Weißt du, ich war immer ein wenig neidisch auf deine Familie", gab ich zu.

Er schaute mich überrascht an. „Wirklich? Warum? Ich meine, du hattest doch die perfekte Familie."

Ich sah zu Brooks und nahm einen Schluck Wein, während ich meinen Kopf ganz leicht schüttelte. Er hatte sich mir über seinen Großvater geöffnet und ich hatte das Gefühl, dass ich mich auch ein wenig öffnen und etwas von meinem eigenen Leben preisgeben musste, etwas, das er nicht wusste.

„Naja, nicht wirklich perfekt…"

Er neigte seinen Kopf zur Seite, aber sagte nichts und wartete darauf, dass ich von selbst zu erzählen begann.

„Ich habe versucht, es zu verbergen, aber das Leben war tatsächlich schwierig für mich, als ich aufgewachsen bin. Meine Eltern hatten eine konfliktreiche Beziehung und bei uns zu Hause gab es viele Streitereien. Sie sind nur meinetwegen zusammengeblieben, angeblich, woran ich immer wieder erinnert wurde."

Nun war Brooks an der Reihe, meine Hand zu halten. „Das tut mir leid", sagte er und wiederholte meine eigenen Worte. „Das wusste ich gar nicht. Du hast mir immer erzählt, dass ihr ein echt glückliches Familienleben gehabt hattet. Ich hatte tatsächlich *dich* beneidet, da mein Papa starb, als ich jung war und meine Mama dann mit einem anderen Mann abgehauen war, weshalb ich bei meinen Großeltern aufgewachsen bin."

„Ich weiß, dass das hart für dich war."

„So ist das Leben", sagte er und zuckte mit den Schultern. „Aber deine Familie hat immer so gemeinschaftlich gewirkt."

Ich schüttelte den Kopf. „Das ist das Bild, das wir allen zeigen wollten, aber das war alles nur Show. Hinter verschlossenen Türen waren es Streitigkeiten über Streitigkeiten ohne Ende in Sicht."

„Also bist du in deine Geschichten geflüchtet?"

Ich nickte. „Jap, ich habe Happy-Ends geschrieben, da sie die einzigen waren, auf die ich zählen konnte, die ausgedachten. Allerdings hatte ich gedacht, dass du und ich, dass wir ..." Ich gestikulierte zwischen Brooks und mir hin und her. „Ich dachte, wir würden unser eigenes Märchen-Ende schreiben."

Er verzog das Gesicht. „Oh, Michelle. Es tut mir so leid,

ich wollte nur . . .“ Er hörte auf zu reden, wollte offensichtlich den Satz nicht beenden, den er angefangen hatte.

Er nahm den Löffel aus meiner Hand, fing an, in meiner Suppe zu rühren und nickte dann auf meine Schüssel. Ich war in Gedanken verloren, aber folgte seinem Blick. Oben auf meiner Suppe schwammen drei kleine Worte.

„Bitte sei Wein?“, fragte ich.

Er sah hinunter auf die schwimmenden Buchstaben und lachte. „Das „M“ muss sich wohl umgedreht haben. Es sollte eigentlich romantisch gemeint sein.“

Ich nahm den Löffel und manövrierte selbst ein paar Buchstaben.“

„Ox?“, fragte er.

Ich runzelte die Stirn und lachte ebenfalls. „Ok. Es sollte eigentlich „ok“ heißen.“

Er nahm meine Hand. „Ich weiß. Ich ärgere dich nur.“

Ich lächelte, sah in seine wunderschönen Augen und die Jahre verblichen. Als er sich zu mir beugte, schloss ich meine Augen und das vertraute Gefühl seiner Lippen an meinen brachte mein Herz zum Hüpfen. Der Kuss schien eine Ewigkeit anzuhalten und doch war er zu schnell vorbei. Als er schließlich zurückwich, schien sich die Farbe seiner Augen verändert zu haben, so tief und voll. Ohne ein Wort zu sagen, rutschte er mit seinem Stuhl auf meine Seite des Tischs und küsste mich erneut, während seine rechte Hand meine Wange streichelte.

„Ich habe dich vermisst, Michelle.“ Seine Lippen berührten meine federleicht, während er sprach. „Ich habe dich so sehr vermisst.“

Auf einmal wollte ich wissen, musste ich wissen, wie er

uns hatte aufgeben können. „Warum dann, Brooks? Warum hattest du beendet, was zwischen uns war?"

Er strich mir mein Haar aus dem Gesicht und schob es hinter mein Ohr. „Ich war dumm und jung und—"

Ich ließ ihn seinen Satz nicht beenden. Genau wie in der Nacht des Maskenballs beugte ich mich zu ihm und drückte meinen Mund auf seinen—nur, dass die Küsse diesmal viel länger anhielten.

KAPITEL ELF

Der gestrige Abend mit Brooks war intensiv gewesen. Nicht nur aufgrund der Dinge, die wir über einander herausgefunden hatten, sondern auch, weil wir uns bis spät in die Nacht geküsst hatten—die Buchstabensuppe kalt und vergessen und das hausgemachte Brot alt und trocken.

Hier waren wir nun auf einem Date zum Mittagessen in einem italienischen Restaurant namens *Café Mattia*.

„Danke für das Treffen", sagte er.

Ich lächelte ihn an. „Natürlich."

Er lächelte zurück. „Ich war ein wenig besorgt. Ich hatte das Gefühl, als hätte ich letzte Nacht bei dir vielleicht ein paar alte Wunden aufgerissen?"

Ich schüttelte den Kopf. „Nein, alles gut." Ich hörte auf zu sprechen, um einen Bissen von meiner Pizza zu nehmen; ein Stück, das so köstlich war, dass ich einen Moment lang nicht reden konnte. „Wow, die ist fast so gut wie deine Suppe."

Er lachte. „Danke für das Lob. Habe ich dir nicht erzählt, dass das die beste Pizza der ganzen Stadt ist?"

Ich hielt auf einmal inne und sah Brooks mit zusammengekniffenen Augen an, während ich das riesige Peperoni-Dreieck mitten in der Luft hielt. „Warte mal, das ist eine Zeile aus meinem Buch. Warte, diese ganze Szene ist ein Kapitel aus meinem Buch!"

Brooks tat einen Moment lang auf unschuldig, bevor sich ein jungenhaftes Grinsen auf seinem Gesicht breitmachte. „Freut mich, dass es dir aufgefallen ist, da du die Autorin und alles bist. Ich dachte, wir sollten mit unserem „Experiment" wieder auf Kurs kommen."

„Brooks Keller, wenn ich meine Hände nicht voll mit *Café Mattias* Leckereien hätte, würde ich mich dir an Ort und Stelle um den Hals werfen."

Ich war berührt. Ich hatte keine Ahnung, dass Brooks so romantisch sein konnte. Und doch waren wir hier und spielten ein weiteres meiner Kapitel nach.

„Naja, nach gestern Abend wollte ich dir ein romantisches Date auf deine Weise ermöglichen. Und ich muss zugeben . . ." Brooks hörte kurz auf zu reden, so als ob er darüber nachdachte, ob er weitersprechen sollte, oder nicht. „Du hast wirklich ein paar coole Date-Ideen."

Durch sein Kompliment wurden meine Wangen ganz warm. „Oh, vielen Dank, werter Herr."

Er gab mir einen Kuss auf den Handrücken. „Gern geschehen, Ma'am."

Ich streckte meinen Arm und wischte ein ganz klein wenig Soße von Brooks köstlichem Mund und er drehte sein Gesicht zu meiner Hand und küsste dann sanft meine Handfläche. Nachdem wir mit dem Mittagessen fertig waren, bezahlte er und wir gingen Hand in Hand den Bürgersteig entlang.

„Ich muss dir etwas sagen, Michelle", meinte er.

Mir rutschte das Herz in die Hose. „Ich muss dir etwas sagen" konnte wohl kaum etwas Gutes heißen. Er nahm meinen Ellbogen und führte mich zu einer hölzernen Bank gleich hinter dem Eingang eines Parks. Ich setzte mich und sah zu ihm.

„Du bist verheiratet?", fragte ich.

Er runzelte die Stirn. „Was? Nein!"

„Verlobt?"

„Ernsthaft, Michelle? Nein."

Ich dachte einen Moment lang nach. „Du bist aber nicht krank, oder?"

Er nahm mein Gesicht in seine Hände. „Hör auf, okay? So etwas ist es nicht."

„Also … was dann?", fragte ich.

Er atmete tief durch. „Du hast mich gestern Abend gefragt, warum ich mit dir schlussgemacht hatte."

„Das ist in Ordnung. Das musst du mir nicht sagen", meinte ich und blickte zu Boden. „Ich bin immer davon ausgegangen, es wäre, weil ich nicht intellektuell genug für dich war. Ich mit meinen Liebesromanen, die sich immer in Welten gefüllt von Happy Ends flüchtet, anstatt der „Realität", wie du es nennst."

Er wirkte schockiert. „Nein, das ist nicht der Grund. Ganz im Gegenteil, tatsächlich."

Ich sah ihn durch meine Wimpern an. „Warum dann?"

Er stieß seinen Atem aus. „Ich habe es geliebt, bei dir zu sein. Ich habe jede Minute jeden Tages geliebt, die wir zusammen verbracht haben …"

Ich schüttelte meinen Kopf. „Also … was dann?"

Seine Augen wurden groß. „Naja, du warst klug, so

klug, dass du dieses Stipendium bekommen hattest. Ich konnte mich dir nicht in den Weg stellen, Michelle."

Meine Augenbrauen zogen sich zusammen. „Ich verstehe es nicht."

„Deine Familie konnte dir deinen Weg auf ein anderes College nicht bezahlen, also hat dieses Stipendium alles für deine Zukunft bedeutet. Es war dein Ticket zu größeren, besseren Dingen. Ich konnte dich das nicht für mich wegwerfen lassen."

„Genau, wie du es an dem Abend in Kristas Apartment gesagt hast." Meine Augen füllten sich mit Tränen und ich schüttelte meinen Kopf. „Das hast du nicht erfunden."

„Nein", sagte er leise.

„Aber ich wollte bei dir sein."

„Ich weiß, aber ich hätte nicht zulassen können, dass du dir wegen mir diese Chance entgehen lässt", sagte er und wischte meine Tränen mit seinem Daumen weg. „Ich wollte auch bei dir sein. Ich habe dich *dir* zuliebe gehen lassen, Michelle. Es hat mir das Herz gebrochen."

Ich konnte nicht glauben, was ich da hörte. „Also hast du nicht alles beendet, weil ich Liebesromane gelesen habe und nicht die Art von Büchern, die du liest?"

Er schüttelte seinen Kopf, lächelte fast. „Ich habe die Tatsache geliebt, dass du so romantisch und dem Leben gegenüber so optimistisch warst. Es war der Grund, weshalb ich dich gehenlassen habe, damit du diese Vorstellungskraft und den Enthusiasmus gut nutzen konntest und es nicht dabei verschwendet hast, mir zu folgen." Er legte seine Hand an mein Kinn und hob meinen Kopf, damit er mir in die Augen sehen konnte. „Aber du musst mir glauben, wenn ich sage, dass ich es nie verkraftet habe, dich zu verlieren."

Und dann küsste er mich und ich wollte, dass es niemals endete.

* * *

Ich stand Freitagnacht draußen vor dem *Geoffries Hotel* und konnte meine Aufregung über das Date am heutigen Abend nicht verbergen. Brooks stand hinter mir, hielt seine Hände vor meine Augen und führte mich durch die Eingangstür, während er mich nach vorne lotste.

„Pass auf, dass ich nirgendwo dagegen laufe", sagte ich, während meine Hände die Luft vor mir abtasteten.

Er kicherte. „Mach' ich."

Mein Fuß blieb an irgendetwas hängen und ich stolperte. „Brooks! Du hast es versprochen."

„Du bist über den Absatz deines eigenen Schuhs gestolpert. Vertrau mir, okay?"

Es gab eine Zeit, in der der bloße Gedanke daran, Brooks Keller zu vertrauen, mich hätte entsetzt zurückschrecken lassen, aber nun war das eine andere Geschichte. „Okay, ich vertraue dir", sagte ich.

Wir blieben stehen und Brooks ließ meine Augen los, wobei ich ihm versprechen musste, dass ich sie geschlossen hielt, während er einen Moment lang wegging. Ich verspürte einen sanften Luftzug, als er etwas öffnete, das sich wie schwere Türen anhörte, bevor er wieder hinter mir stand und mich leicht nach vorne stupste.

„Ok, wenn ich „Stufe" sage, musst du leicht nach oben und gleichzeitig nach vorn treten."

Ich nickte, aber bewegte mich, bevor er bereit war und fühlte, wie ich nach vorne taumelte, so wie es sich anfühlte, wenn man sich bei der Anzahl der Treppenstufen verschätzte und dachte, da wäre noch eine, wenn dort keine mehr war. Mein Fuß landete mit der Grazie eines Sumoringers.

„Brooks!", rief ich.

Er musste kurz lachen. „Ich habe dir gesagt, du sollst warten, bis ich „Stufe" sage. Okay, bereit?"

Ich nickte, schob meine Zehen nach vorne, bis sie gegen irgendetwas stießen und bewegte meinen Fuß dann nach oben, bis ich die Oberfläche dessen spürte, worauf auch immer Brooks wollte, dass ich stand.

„Okay, jetzt noch einen kleinen Schritt nach rechts. Ein klitzekleines bisschen mehr. Nein, zu weit. Ein paar Zentimeter links. Okay, perfekt. Nun setz dich."

Ich tat, was mir gesagt wurde und setzte mich ganz nach unten auf den Boden, wobei ich etwas Weiches und Seidiges unter mir bemerkte. Ich spürte, wie Brooks sich hinter mir hinsetzte.

„Jetzt öffne deine Augen", sagte er.

Vorsichtig öffnete ich erst eines und dann das andere Auge. Dann wurden beide meiner Augen riesig, weil ich nicht glauben konnte, was ich sah, als ich mich in dem Raum umschaute. Wir saßen auf einem lilafarbenen Flauschteppich mit goldenen Quasten auf dem Boden eines Bankettsaals. Der Raum war groß und rund mit glatten, weißen Wänden.

„Was geht hier vor sich?", fragte ich, als ich bemerkte, dass mitten auf dem Boden hinter uns ein Projektor aufgebaut war. Ich sah zurück zu Brooks, der hinter mir saß und lächelte.

Wie aufs Stichwort begannen die ersten Töne der Musik aus Aladdins „Ein Traum wird wahr" zu spielen begann. Ich lehnte mich zurück an Brooks' Oberkörper und ein Ventilator begann mir Wind ins Gesicht zu blasen. Ich hatte das Gefühl, als würden wir wie Aladdin und Jasmine in dem Film durch die Luft fliegen.

„Schau", sagte Brooks und zeigte auf eine Wand, an die der Projektor Panorama-Bilder des Taj Mahals geworfen hatte.

„Der Wahnsinn!", rief ich.

„Halt dich fest", murmelte er, als der Teppich unter uns anfing, sich zu bewegen.

„Wie hast du das gemacht?"

„Magie, ich habe an einer Lampe gerieben", sagte er und schlang seine Arme um meine Taille, während wir langsam durch den kreisförmigen Raum schwebten, die Bilder direkt vor uns sich immer wieder änderten und uns all die Orte auf der Welt zeigten, die ich immer sehen wollte.

„Oh, es ist Paris. Schau, da ist der Eiffelturm", sagte ich.

Er kicherte. „*Oui.*"

Ich seufzte vergnügt, während ich mich an ihn lehnte und zusah, wie Bilder von allen Ecken der Erde an den Wänden auftauchten, während wir, nun ja, auf einem fliegenden Teppich vorbeiglitten.

Als die Musik immer leiser wurde, tauchte an der Decke eine silberne Lichterkette auf und der Teppich hielt an.

„Wie hast du das gemacht? Ich meine, wirklich, wie?",

fragte ich und schüttelte den Kopf. Er hatte noch eine weitere romantische Szene aus meinem Buch nachgestellt und es geschafft, sie sogar noch magischer werden zu lassen.

Er lachte, während er mich festhielt. „Die Wunder elektrischer Skateboards", sprach er, während er die Ecke des Teppichs hochhob und mir das Skateboard darunter zeigte. „Und ein Drehscheiben-Ding, das sich per Fernbedienung steuern lässt, auf das man den Projektor stellen kann, damit er sich durch den Raum bewegt. Ich habe es von einem alten Freund für mich zusammenbauen lassen."

Einen Moment lang fehlten mir die Worte und ich hatte vor Emotionen wirklich aufrichtig einen Kloß im Hals stecken, als ich mich zu ihm drehte. Ich nahm sein Gesicht zwischen meine Hände und küsste ihn auf eine sehr Ende-des-Films-Prinzessinnen-Art. Die Dinge wurden nicht viel perfekter als das hier.

„Danke", sagte ich und öffnete meinen Mund, da sein Kuss inniger wurde. Als er zurückwich, lächelte ich. „Du bist fantastisch, wirklich."

„Du hast gewonnen", flüsterte er in mein Ohr, als er mich erneut umarmte.

Ich lehnte mich zurück und sah in seine Augen. „Habe ich?"

„Ja, Michelle." Er nickte, diese blauen Augen von Gefühlen ergriffen. „Ich habe mich wieder völlig in dich verliebt, Michelle. Das heißt, dass du recht hattest. Moderne Märchengeschichten werden wirklich wahr."

Ich drückte erneut meinen Mund auf seinen. „Dann macht dich das letztendlich doch zu Prince Charming."

„Mmm", gab er von sich, als er mich noch einmal

küsste. „Ein Deal ist aber ein Deal. Komm morgen in mein Büro und wir werden den Vertrag besprechen. Das Manuskript wird von Prince & Company veröffentlicht werden . . . auf deine Weise."

„Du wirst mein Buch veröffentlichen, genau so, wie es ist?", fragte ich und sah zu, wie er nickte. „Oh, gut."

Seine Augenbrauen schossen in die Höhe. „Das ist alles, was du zu sagen hast?"

Ich kicherte und beugte mich nach vorn. „Keine Sorge. Ich habe mich auch in dich verliebt."

Seine Mundwinkel zogen sich nach oben, bevor er meine Lippen mit seinen berührte.

* * *

Brooks brachte mich nach Hause, ich betrat meine Wohnung und fühlte mich ganz beschwipst von all seinen verträumten Küssen. Als ich mein Handy aus meiner Handtasche holte, warf ich einen Blick auf meinen Bildschirm und sah, dass ich eine Nachricht auf dem Anrufbeantworter hatte. Ich hörte mir die Nachricht wie in Trance an.

„Hallo, ich rufe wegen Mia Mapleton an. Hier ist Jodi McLoughlin von Paradise Bound Publishing. Ich habe Ihr Manuskript erhalten, das Sie bei uns eingesandt hatten und ich muss Ihnen sagen, dass ich es liebe, liebe, liebe! Sie haben die Romantik und das Happy End auf eine Weise festgehalten, die ich noch nie zuvor gelesen habe. Sehr originell. Bitte rufen Sie mich auf dieser Nummer zurück, sobald Sie können. Machen Sie sich um die Zeit keine Gedanken. Wir würden uns riesig über die Möglichkeit freuen, Ihr wundervolles Buch so zu veröffentlichen,

wie es ist. Es ist absolut perfekt.“

Ich hörte mit offenstehendem Mund zu, während Jodi über die verschiedenen Teile meines Buchs schwärmte, die sie „umwerfend“ fand. Ich rief sie zurück und meine Augen wurden riesig, als ich den Betrag der Vorauszahlung hörte, den sie mir anbot, der weitaus höher als der zehntausend Dollar-Vorschuss war, den Brooks mir angeboten hatte.

Doch ich sollte morgen in Brooks' Büro kommen, um den Vertrag zu unterzeichnen.

Nun war ich hin- und hergerissen.

KAPITEL ZWÖLF

„Bist du bereit für eine *ernsthafte* Shoppingtour?", fragte Krista mich, die einen lebhaft begeisterten Gesichtsausdruck aufsetzte. Sie liebte es, shoppen zu gehen, besonders wenn das bedeutete, glamouröse Roben und glitzernde Schuhe anzuprobieren. „Wirklich, Michelle. Macht das nicht Spaß?"

Ich zuckte mit den Schultern. „Meh."

Sie wandte sich mir zu, als wir gerade die Tür zu einer Modeboutique für Kleider in der Innenstadt aufdrücken wollten. „Was meinst du mit „Meh"? Wir probieren atemberaubende Kleider an und alles, was dir einfällt, ist „meh"? Was ist mit dir los?"

Ich streckte meinen Arm aus, an ihr vorbei, um die Tür zu öffnen und seufzte dann. „Das ist eine Buch-Sache."

Sie zog ihre Augenbrauen zusammen, während wir hineinschlenderten und sie stellte ihre Handtasche auf einem der luxuriösen Sessel in der Mitte des Ladens ab. Ich setzte mich auf den anderen Sessel und überschlug meine Beine.

„Dieser Sessel ist hübscher als alles, was ich in meinem Apartment besitze. Denkst du, den kann ich in meiner Tasche herausschmuggeln?", scherzte ich, als ich über den flauschigen, blauen Samtbezug strich. Der Sessel erinnerte mich an Brooks' unglaublichen Flug auf dem magischen Teppich und Schmetterlinge machten sich wieder in meinem Bauch breit. Ich war so hin- und hergerissen, das Angebot von Jodi annehmen zu wollen und gleichzeitig Brooks loyal zu bleiben. Immerhin war er gerade erst Redakteur geworden, weshalb ich die erste Autorin wäre, die er unterzeichnen lassen würde.

„Nein, ich glaube nicht, dass du einen ganzen Sessel nach draußen schmuggeln könntest", entgegnete sie und hielt ein Kleid nach oben, das sie gefunden hatte. „Aber er könnte vielleicht unter diesen Rock passen. Sieh dir nur mal all die Schichten bei diesem hier an!"

„Es ist hübsch", sagte ich ohne großes Interesse.

Das Kleid war eisblau mit langen Ärmeln aus Spitze, einem engen Oberteil und dem bauschigsten Rock, den ich jemals gesehen hatte. „Du solltest es definitiv anprobieren", sagte sie.

Ich klopfte mit meinen Fingern gegen die Lehne des Sessels. „Warum probierst du es nicht an? Du hast es gefunden."

Sie legte ihren Kopf zur Seite und hob eine Augenbraue. „Weil du doch auf solche Märchenkleider stehst und es magisch an dir aussehen würde. Ich stehe eher auf die verführerische, kann-zwar-nicht-darin-atmen-aber-sieht-gut-aus-also-trage-ich-es-trotzdem–Art von Kleid."

„Weißt du, deine Logik macht sogar Sinn", sagte ich, als

ich aufstand, um den Vorhang einer der Umkleidekabinen zu öffnen und mit dem Kleid hineinzugehen.

„Du wirst niemals erraten, was meine Chefin nun getan hat", meinte Krista.

„Was hat sie dieses Mal angestellt?", fragte ich, stieg in das Kleid und zog es nach oben, bevor ich meine Arme in die Ärmel schlüpfte.

„Sie hat mich gestern gebeten, Donuts holen zu gehen, wobei die Frau doch so anti-Zucker ist. Ich meine, nicht einmal in ihrem Salatdressing. Also habe ich sie gefragt, ob sie sich sicher sei, dass sie einen *Donut* essen wolle und sie hat ja gesagt und mich gebeten, ein Dutzend zu kaufen und sie für die Mitarbeiter mitzubringen, was komisch war, da wir an dem Tag nur zu dritt dort waren, verstehst du?"

„Mh-hm."

„Wie läuft es mit dem Kleid?"

„Ich bin mir ziemlich sicher, dass die Ärmel meine Haut reizen und ich Ausschlag kriege. Kannst du mir noch ein anderes zum Anprobieren heraussuchen?"

Krista reichte mir ein Rotes hinein, aber der Stoff fühlte sich zu fest und steif an. „Also habe ich die Donuts geholt und dann ist sie eine Stunde später mit rotem Gesicht aus ihrem Büro gekommen und hat mich gefragt, ob ich losgehen und ein paar Donuts besorgen könnte."

„Sie hat dich nochmal gefragt?"

Ich hörte, wie Kristas Ohrringe klimperten, als sie nickte. „Jap. Komisch, oder? Also habe ich zu ihr gesagt „Sie wissen aber, dass ich Ihnen bereits eine Schachtel gekauft habe?" und dann hat sie mich ganz verwirrt angesehen, den Zucker von ihrem Kinn weggewischt und ist in Tränen ausgebrochen."

Ich steckte meinen Kopf durch den Vorhang und gab Krista das rote Kleid. „Gefällt mir nicht. Wie wäre es mit diesem Blauen? Und, was ist dann passiert? Hat sie dich losgeschickt, um Kekse zu holen?"

„Nicht schlecht, aber nein." Krista tauschte die Kleider für mich aus und verschwand dann neben an in der nächsten Umkleidekabine, um ein schwarzes Satin-Etuikleid anzuprobieren, das sie gefunden hatte. „Sie hat gemeint, ich würde Dinge erfinden, um sie zu verwirren und dann hat sie sich den ganzen Tag in ihrem Büro verschanzt. Alles, was ich weiß, ist, dass am Ende des Tages diese Schachtel mit Donuts leer war und ich nur einen davon gegessen hatte."

Einen Moment lang herrschte Stille. „Alles in Ordnung?", fragte ich.

„Ta-da!", rief sie. Krista hatte es irgendwie geschafft, ein Etuikleid anzuziehen und sah atemberaubend aus, als sie sich vor dem Spiegel vor unseren Umkleidekabinen in alle Richtungen drehte.

„Wie ist es so einfach für dich, das richtige Kleid zu finden? Mir wird ganz heiß und ich fange an zu schwitzen, wenn ich all diese Kleider anprobiere und sie sehen furchtbar an mir aus. Ich habe immer noch nicht das gefunden, das ich will."

„Probier das hier", sagte sie und reichte mir ein neues Kleid.

Ich nahm die Robe mit in meine Kabine und zog sie mit null Hoffnung darauf an, dass es gut aussehen würde. Ich meine, ich konnte nur so viel Enttäuschung ertragen. „Kannst du mir den Reißverschluss zumachen?", fragte ich.

Ich trat aus dem Vorhang und Krista fiel die Kinnlade

herunter. „Oh, wow . . . du siehst genau wie Cinderella aus", sagte sie.

„Wirklich?" Ich warf einen Blick in den Spiegel und musste zugeben, dass es tatsächlich magisch aussah. Das blaue Kleid war schulterfrei und das enganliegende Oberteil ging in einen üppigen Rock über, der in weichen Falten bis zum Boden fiel. Alles, was ich brauchte, war ein Paar langer, weißer Handschuhe.

„Du hast dein Kleid gefunden", sagte Krista.

„Ich glaube, du hast recht", entgegnete ich und drehte mich, um mich von allen Seiten zu begutachten. „Es klingt, als würde deine Chefin eine schwere Zeit durchmachen. Warum redest du nicht mal mit ihr? Vielleicht hat sie eine Art Nervenzusammenbruch oder sowas. Immerhin ist Kommunikation der Schlüssel für alles."

Krista wirkte nachdenklich. „Ja, vielleicht hast du recht. Jedenfalls wird Brooks umfallen, wenn er dich in diesem Kleid sieht. Eine moderne, reale Stadtmädchen-Prinzessin, genau wie in deinem Buch."

„Mein Buch . . ." Ich ließ mich in den Sessel fallen und rieb meine Schläfen.

„Oh, nein. Hast du die Wette verloren?"

„Nein, ich habe gewonnen", sprach ich und erzählte ihr von meinem Dilemma mit Jodi versus Brooks. „Das andere Angebot bringt mich so sehr in Versuchung. Ich meine, die Vorauszahlung ist fast das Doppelte von dem, was Brooks mir anbietet. Aber noch wichtiger, sie liebt mein Buch wirklich. Brooks dagegen wollte tatsächlich, dass ich mein Ende umschreibe und es hat eine Menge gebraucht, um ihn dazu zu bekommen, seine Meinung zu ändern. Ich musste quasi dafür sorgen, dass er sich in mich verliebt, was, wie er gedacht hatte, nicht möglich gewesen wäre."

„Also bekommst zu zwei zum Preis für einen. Kein schlechter Deal."

„Außer, dass Jodi mein Buch liebt, genau wie es ist. Ihr Angebot ist auch finanziell gesehen besser. Aber meine Loyalität ist bei Brooks. Wo sie auch sein sollte. Richtig?"

„Klingt kompliziert." Sie drehte sich um, damit ich ihr Kleid öffnen konnte und als sie wieder in ihrer Umkleidekabine verschwand, wiederholte sie mir meine eigenen Worte. „Warum redest du nicht mit Brooks? Hat nicht jemand mal gesagt, dass Kommunikation immerhin der Schlüssel für alles ist?"

Ich verdrehte erst meine Augen, aber lachte dann. Es war immer gut, meinen eigenen Rat zurückgeworfen zu bekommen, was mich dazu zwang, eine Unterhaltung zu führen, die sicherlich bestenfalls unangenehm werden konnte.

Nachdem ich mich von Krista verabschiedet hatte, wanderte ich hinüber zu Brooks' Gebäude, wobei ich vorher auf dem Weg bei Courtney vorbeiging, um mir einen Kaffee zu holen. Es war um die Mittagszeit, also hatten wir keine Chance, zu quatschen, aber ich warf ihr einen Luftkuss zu und nahm mir meinen Kaffee zum Mitnehmen.

Ich war ein wenig früh dran für meinen Termin, also lungerte ich draußen vor Prince & Company Publishing, während ich meinen Kaffee trank und mir wünschte, ich hätte Kaugummi oder eine Packung Pfefferminzbonbons mitgebracht, um den Kaffeeatem zu beseitigen. Ich lächelte vor mich hin, da ich anmaßend war und musste mich daran erinnern, dass ich geschäftlich hier war, nicht als Brooks' Freundin.

Natürlich brachte mich dieser Gedanke noch mehr zum Lächeln. Es war lange her, seit ich mich das letzte Mal jemandes Freundin genannt hatte und während Brooks und ich noch nicht über das ganze „wir sind zusammen"-Ding geredet hatten, hatte er zugegeben, dass er sich in mich verliebt hatte.

Als ich mit dem Aufzug hinauf in Brooks' Stockwerk fuhr, dachte ich erneut über die Nachricht auf meinem Anrufbeantworter nach, die ich von Jodi bekommen hatte. Ich hatte sie noch nicht mit einer Antwort zurückgerufen, da ich warten wollte, bis der Vertrag mit Brooks unterzeichnet, versiegelt und beschlossen war, bevor ich das tat. Während ich wusste, dass ich mich definitiv für Brooks' Angebot entscheiden würde, konnte ich nicht anders, als mich ein wenig durch die Differenz der Vorschuss-Beträge genervt zu fühlen. Mit dem Geld, das Brooks mir geben würde, könnte ich Phillips Mietschulden abzahlen, aber mit dem Angebot, das Jodi mir gemacht hatte, würde ich das tun können, mein Erspartes aufstocken und mir noch dieses Paar glitzernder High Heels kaufen können, die ich gewollt hatte.

Der Fahrstuhl kam mit einem *Ping* sanft zum Halten und ich konnte nicht anders, als mich daran zu erinnern, mit Brooks hier festgesessen zu haben, was Ewigkeiten her zu sein schien. Ein Anfall von Verärgerung überkam meine Gedanken, als ich daran dachte, wie er mein Buch hinterfragt hatte. Okay, das Wort war vielleicht ein wenig zu stark, aber ich würde seine drei Us niemals vergessen:

unrealistisch, unvorstellbar und zur Veröffentlichung ungeeignet.

Die Türen öffneten sich und ich strich meinen Rock glatt, als ich die Lobby betrat, während meine High Heels klackten. Obwohl das nur eine Formalität war, wollte ich mich angemessen kleiden, wie ich es hätte, wenn ich mich mit, sagen wir, Jodi treffen würde. Ich schüttelte meinen Kopf, um die Gedanken des anderen Angebots aus meinem Kopf zu bekommen. Ich hatte mich verpflichtet, bei Brooks zu unterschreiben und meine Loyalität gehörte definitiv ihm.

Diesmal saß eine Rezeptionistin hinter dem Schreibtisch, die aufsah, als ich auf sie zukam. „Wie kann ich Ihnen helfen?", fragte sie.

Ich nickte. „Ich habe einen Termin bei Brooks Keller."

„Sind Sie Michelle Moss?"

„Ja, das bin ich."

Ein breites Lächeln erhellte ihr Gesicht. „Ich, ähm, liebe Ihr Buch."

Ich zwinkerte verwundert. „Sie haben es gelesen?"

„Drei Mal", antwortete sie und wirkte ein wenig peinlich berührt. „Es ist das beste Buch, das ich das ganze Jahr lang gelesen habe. Könnten Sie es bitte für mich unterzeichnen, sobald es veröffentlicht ist?"

„Natürlich mache ich das. Es freut mich wirklich sehr, zu hören, dass Ihnen die Geschichte gefallen hat", sagte ich und widerstand dem Drang, auf und ab zu springen und vor Freude zu quietschen.

Brooks betrat die Eingangshalle aus dem Flur. „Michelle, du bist hier. Komm doch rein. Julia, könnten Sie meine Anrufe annehmen und uns bitte ein wenig Kaffee vorbeibringen?"

„Natürlich, Mr. Keller", sagte sie, als ich realisierte, dass sie die zweite Person war, die mein Buch liebte, ohne zu sagen, dass etwas daran verändert werden musste.

Ich ging mit Brooks den Gang hinunter in sein Büro. Er zeigte auf den Sessel vor seinem Schreibtisch, in dem ich bereits gesessen hatte, während er sich auf die andere Seite setzte.

„Okay, also . . ." Er zog einen Stapel Papier aus einer Akte auf seinem Schreibtisch und setzte seine Brille auf, während er das Deckblatt begutachtete. „Das ist eine Kopie des Vertrags zwischen Prince & Company und Ihnen. Lesen Sie ihn sich aufmerksam durch. Lassen Sie mich wissen, wenn Sie möchten, dass Ihr Anwalt noch einen Blick darauf wirft. Wenn Sie mit allem zufrieden sind, dann können Sie hier unterschreiben . . . und hier."

Ich sah zu, wie er den Vertrag über seinen Schreibtisch schob und dann den Kugelschreiber mit einem Klick öffnete, bevor er ihn mir reichte. Ich nahm den Stift und schüttelte den Kopf. „Wer hätte gedacht, dass ich, von allen Leuten, die allererste Autorin auf deiner Liste sein würde? Ist das nicht komisch? Ich meine, aus all diesen Romanen, die du hättest aussuchen können, hast du meinen ausgesucht. Es ist Schicksal, ich sag's dir."

Er lehnte sich auf seinem Stuhl zurück und verschränkte die Hände hinter seinem Kopf. „Ein Deal ist ein Deal. Du weißt, dass ich schon immer ein Mann meiner Worte war, Michelle. Ich habe gesagt, ich würde es so veröffentlichen, wie es ist, wenn du gewinnst, und das hast du. Glückwunsch."

Seine Worte ließen mich meine Stirn runzeln, als ich mir die Seiten ansah und dann schließlich den Stift auf seinen Schreibtisch legte. „Brooks, du glaubst doch an das Buch, oder?"

Er nickte. „Natürlich. Das Geschriebene ist hervorragend."

Es klopfte an der Tür und Julia kam hinein, die ein Tablett mit Kaffee und Keksen trug. Sie stellte es auf den Schreibtisch.

Ich biss mir auf die Unterlippe. „Und du akzeptierst nun, dass das Buch realistisch ist?"

Er zögerte. „Naja, nicht exakt. Ich finde immer noch, es ist weit hergeholt, aber auf eine süße Art und Weise und die Leser lieben sowas, also ist alles gut. Das ist nur eine Meinung, Julia liebt es zum Beispiel."

„Ja, das hat sie mir erzählt", sagte ich und wünschte, ihr Enthusiasmus würde seinem entsprechen.

„Die Leser lieben so etwas, also passt doch alles."

„So etwas?"

„Skurrile Romanzen, auch, wenn sie unrealistisch sind."

Ich konnte meinen Ohren nicht trauen. „Wie kannst du immer noch behaupten, es wäre unrealistisch, Brooks? Es hat bei uns funktioniert."

Er griff über den Schreibtisch und hielt meine Hand. „Ein Date in einer Besenkammer hätte für uns funktioniert, Michelle. Wir sind füreinander bestimmt."

„Das ist süß", sagte ich, da ich das gleiche fühlte. Doch mein Gehirn ging augenblicklich zurück zu meinem Buch und der Tatsache, dass mein zukünftiger Redakteur nicht zu einhundert Prozent an mein Buch glaubte. Mein Kopf sagte mir, dass ich doch einfach akzeptieren solle, was er sagte und dass es keinen Unterschied machte, aber mein Herz war ein wenig enttäuscht, dass mein Buch, so, wie ich es geschrieben hatte, nicht real rüberkommen würde. Ich nahm mir den Stift und unterschrieb mit meinem Namen.

„Weißt du", sagte ich und stieß einen langen Atem aus, als er nach dem unterschriebenen Vertrag griff. „Ich habe ein sehr lukratives Angebot für dich abgelehnt. *Paradise Bound* waren *sehr* begeistert, an mein Buch kommen zu können und sie haben es so, wie es ist, geliebt."

Er zog seine Hand weg und ließ die Papiere auf dem Tisch liegen, während er mich anstarrte.

„Was stimmt denn nicht?", fragte ich.

„Du hast mir nicht gesagt, dass ein weiterer Verlag an deinem Buch interessiert war."

Ich winkte abweisend mit der Hand. „Ich habe am Abend des Maskenballs ein paar Anfragen herausgeschickt. Deshalb hatte ich an dem Abend meinen Laptop mitgebracht."

„Das hast du mir nicht gesagt", meinte er und wirkte aufgebracht.

„Warum spielt das eine Rolle? Bist du in der Lage, mit deren Vorauszahlung gleichzuziehen? Sie haben mir fast das Doppelte angeboten, also hatte ich mich schlecht gefühlt, dich zu fragen …"

„Ich bin nicht dazu berechtigt, mehr zu zahlen, als den Vorschuss, den ich dir angeboten habe", sagte er, als sein Gesicht weiß wurde und er sich räusperte. „Hör mal, Michelle, ich werde zu unserer Vereinbarung stehen und dein Buch veröffentlichen, aber ich denke, dass du den anderen Deal nehmen solltest."

„Warum?", fragte ich.

„Es ist mehr Geld", merkte er an.

„Aber ich würde lieber mit dir arbeiten", sagte ich, obwohl mir die Tatsache gefiel, dass Jodi fand, dass mein Buch perfekt war, so, wie ich es geschrieben hatte. „Und ich habe dir mein Wort gegeben."

„Das machst du immer . . ." Seine Stimme verblasste und er konnte mir nicht ganz in die Augen sehen.

Ich streckte meinen Arm, um seine Hand zu nehmen, aber er zog sie zurück und ließ sie in seinen Schoß fallen. Ich runzelte die Stirn. „Was mache ich?"

„Du triffst meinetwegen schlechte Entscheidungen." Er räusperte sich erneut und sein gesamtes Auftreten hatte sich verändert. Er wirkte kalt und distanziert, als ob ich nun einem Fremden gegenübersaß. „Sieh mal, ich glaube nicht, dass es eine gute Idee ist, Geschäft mit Vergnügen zu verbinden. Ich werde dein Buch veröffentlichen, aber ich denke, dass wir uns nicht mehr sehen sollten, außer auf geschäftlicher Basis."

„Ich . . . ich verstehe nicht", sagte ich und schüttelte meinen Kopf, da mir ziemlich schwindelig geworden war. „Warum um alles in der Welt sollten wir nicht miteinander ausgehen?"

„Weil du den schlechteren Deal für dein Buch wählst und mir später die Schuld dafür geben wirst, wenn du es bereust", sprach er nachdrücklich.

„Nein, ich treffe die Entscheidung, die sich richtig für mich anfühlt." Ich zerbrach mir den Kopf darüber und versuchte zu verstehen, warum er zurückgewichen war. Nun fühlte es sich so an, als wäre eine Kluft zwischen uns, aber der Grund dahinter konnte definitiv nicht so etwas

Oberflächliches wie Geld sein. „Ich weiß nicht, was hier wirklich los ist, aber stoß mich nicht von dir weg."

Sein Gesichtsausdruck wurde ganz kurz weicher und er schien zu wanken, doch dann runzelte er die Stirn. „Du machst einen Fehler und das werde ich nicht zulassen."

„Also war's das? Ich habe kein Mitspracherecht?", fragte ich und sah, wie er aufstand, so als ob das Treffen vorbei war.

„Nun, da es das mit uns war, hast du keinen Grund, dich Prince & Company verpflichtet zu fühlen. Du solltest das Angebot des anderen Verlags annehmen. Es klingt, als wäre das viel besser für deine Karriere, Michelle."

„Sind wir wirklich wieder hier angekommen?", fragte ich, als mir Tränen in die Augen traten. „Nein, Brooks, ich werde dieses Angebot nicht annehmen. Ich möchte, dass du mein Buch veröffentlichst. Du. Mein fester Freund. Du hast mich von Anfang an auf diesem Weg begleitet und es ist nur richtig, dass wir—"

„Fester Freund? Ich habe gerade gesagt, das war's mit uns", meinte er und hielt seine Handflächen nach oben. „Das echte Leben ist nicht wie dein Märchenbuch, okay? Es ist scheiße und unfair und grausam, aber so ist es eben."

„Aber alles, was du auf unseren Dates gesagt hast…"

Er sah weg. „Diese Dates waren alle ein Teil der Wette, Michelle. Das weißt du. Hör mal, es ist alles vorbei … du, ich und der Vertrag. Geh zu *Paradise Bound*, hol dir den besseren Deal und dann hast du Prince & Company schon bald vergessen."

„Und dich?", fragte ich, während mein Herz sich zusammenzog.

„Und mich", sagte er mit ernster Stimme.

Und damit hielt er mir die Tür auf. Meine Hände zitterten und ich konnte nicht glauben, dass er mir das erneut antat. Nachdem ich sein Büro verlassen hatte, war ich mir nicht sicher, ob das Geräusch, das ich hörte, die Tür war, die sich klickend schloss, oder das Geräusch meines Herzens, das zum zweiten Mal brach, aber es tat weh—es tat so weh.

KAPITEL DREIZEHN

Ich wurde von dem Geräusch einer Pfeife begrüßt, in die geblasen wurde, als ich meine Eingangstür öffnete und hineinging. Krista und Missy sahen sich Frauenfußball im Fernsehen an. Wie immer lobpreiste Krista für Missy die Vorzüge des Spiels, in dem Versuch, sie dazu zu bringen, sich für die örtliche Mannschaft eintragen zu lassen. Sie hatte auch unzählige Male versucht, mich zu rekrutieren, jedoch vergeblich.

„Das ist viel sozialer, als ins Fitnessstudio zu gehen, Missy. Es macht so viel Spaß!"

„Ich gehe selten ins Fitnessstudio. Ich gehe lediglich morgens mit Michelle joggen. Hey, wenn man vom Teufel spricht . . ." Missy lachte und rutschte ein Stück auf der Couch, damit ich mich neben sie setzen konnte.

„Ach komm, du willst mir doch nicht erzählen, dass es mehr Spaß macht, von A nach B zu rennen, als der Adrenalinschub, wenn der Ball hinten im Netz landet? Ernsthaft? Michelle, was findest du? Joggen gehen ist im Vergleich zu

Fußball doch langweilig, oder?", fragte Krista, ihre Mundwinkel zogen sich nach unten, während sie mich ansah und dann einen Blick mit Missy austauschte.

„Oh, nein." Missy legte ihren Arm um meine Schultern. „Was ist denn los? Du siehst furchtbar aus."

Ich zuckte mit den Schultern und kämpfte damit, meine Tränen zurückzuhalten, während ich ihnen erzählte, dass Brooks mich verlassen hatte.

„Ist es schon Zeit für Wein?", fragte Krista und stand auf. „Ich denke, wir könnten ein Glas gebrauchen. Was denkt ihr? Oder Muffins, wie wäre es mit Muffins?" Krista suchte immer Trost bei Essen und Wein, wenn die Dinge schwierig wurden. Keine schlechte Idee. Gerade würde ich einen Muffin mit Schokoladenstückchen darin nicht ablehnen.

„Liebeskummer. Ich hätte es wissen müssen", meinte Missy und zog mich näher zu sich. „Typen sind die Wurzel all unserer Probleme. So vielen kann man nicht trauen. Ganz ehrlich, manchmal denke ich, dass Frauen einfach einen Hund adoptieren sollten, wie es Abigail gemacht hat. Ihr Welpe Banana ist so loyal, treu und sie muss sich nicht einmal Gedanken darüber machen, dass er den Toilettendeckel oben lassen würde."

„Nein, aber man muss trotzdem ihren Dreck wegmachen. Allerdings ist es dasselbe bei Männern, schätze ich", murmelte ich, während eine dunkle Wolke über mir hing.

Krista kam mit einem Teller Kekse zurück und bot sie mir an. „Oh, komm schon. Es sind nicht alle Männer gleich. Nimm Abigail, zum Beispiel. Ihr Partner Cooper ist der süßeste Typ überhaupt. Er ist völlig in sie verknallt, unterstützt sie und sie hat keine Strafzettel mehr bekommen, seitdem sie ihn kennengelernt hat, da er Polizist ist. Alle guten Dinge."

„Brooks ist ein Redakteur, der mein Buch hasst."

„Er hat nie gesagt, dass er es hast", merkte Krista an.

„Gib dir Zeit, Süße. Das musste ich machen, um über meinen untreuen Ex-Verlobten hinwegzukommen. Und jetzt bin ich glücklich", sprach Missy, während ihre Zähne auf eine sehr beängstigende Weise durch einen Keks bissen.

Ich lächelte schwach. „Soll mir das ein besseres Gefühl geben?"

„Sei nicht so zynisch, Missy. Michelle muss aufgemuntert werden und nicht hören, dass es ein hoffnungsloser Fall ist."

„Hey, alles, was ich sage, ist, seht euch meinen Verlobten an. Er hatte all das hier . . ." Sie zeigte mit einem Grinsen auf sich selbst. „Und er ist trotzdem fremdgegangen."

„Brooks ist nicht fremdgegangen", erwähnte Krista.

Ich wischte mir eine Träne weg. „Ich dachte nur, Brooks wäre der eine, wisst ihr?"

Ich sagte den Mädels, dass ich ein wenig Zeit für mich alleine brauchte und ließ mich auf mein Bett fallen, wo ich mich in meine Kuscheldecke einwickelte. Wenn ich mein Märchen-Happy-End nicht im echten Leben bekommen konnte, dann würde ich stattdessen einfach in meinem Manuskript etwas darüber lesen. Allerdings gab es keinen Weg, wie ich gerade an Buch zwei arbeiten konnte. Ich fühlte mich zu traurig, Brooks erneut zu verlieren. Alles,

was ich gerade schreiben würde, würde sehr wahrscheinlich wie eine Shakespeare-Tragödie klingen. Mein Handy
klingelte und ich erschreckte mich, während mein Herz
raste. Es musste Brooks sein, der mich anrief, um mir zu
sagen, dass er einen furchtbaren Fehler begangen hatte.

Ich griff nach meinem Handy, ohne auf den Namen zu
schauen und hob es an mein Ohr. „Hallo?"

„Michelle?"

Und mein rasendes Herz kam zu einem abrupten Still-
stand. „Hallo, Phillip."

„Hey, wie geht es dir?" Er klang viel zu munter für
einen Mann, der bald aus seiner Wohnung geschmissen
wurde, was nur Eines bedeuten konnte: er hatte irgendetwas vor.

„Was ist los?", fragte ich.

Am anderen Ende der Leitung herrschte Stille. Ich
wusste es!

„Phillip, wenn du wegen des Geldes anrufst... ich habe
dir gesagt, ich würde es rechtzeitig bekommen und das
werde ich auch, aber du wirst warten müssen ... ich habe
es noch nicht", sagte ich und wusste, dass ich sowas von
nicht in der Stimmung dafür war.

Es herrschte erneut eine Weile lang Stille, bevor er
sagte: „Ah, das Geld. Nun, die Sache ist ..."

Meine Hoffnung stieg ein wenig. Vielleicht hatte Phillip
ein einziges Mal einen Weg gefunden, Verantwortung zu
übernehmen und es geschafft, das Geld für seine Miete
selbst aufzutreiben. „Die Sache ist ...?", bohrte ich.

Er räusperte sich, ein sicheres Zeichen dafür, dass er
Zeit schindete. „Naja die Sache ist, dass ich ein klein wenig
mehr bräuchte."

Meine Augenbrauen zogen sich zusammen. „Wie viel mehr?"

„Nicht viel. Nichts Unverhältnismäßiges."

„Phillip, dir überhaupt Geld zu geben ist unverhältnismäßig. Du bist ein erwachsener Mann", merkte ich an.

Er seufzte hörbar. „Du weißt doch, dass du meine Lieblingsschwester bist, oder? Du bist die einzige Person auf der Welt, auf die ich tatsächlich zählen kann."

Ich zog das Handy von meinem Ohr weg und starrte es an. Meinte er das ernst? „Ich bin deine einzige Schwester, Phillip und wenn du mir nicht sagst, wie viel du brauchst, werde ich deine Schwester gewesen sein. Ich bin nicht in der Stimmung für Spielchen."

„Nun, die Sache ist . . . ich brauche noch einen Tausender."

„Weitere tausend Dollar? Bist du wahnsinnig? Phillip, ich werde jetzt auflegen, bevor ich etwas sage, das ich bereuen werde. Ich habe meine eigenen Probleme, um die ich mich kümmern muss und offen gesagt habe ich in meinem Kopf keinen Platz mehr für deine übrig."

Ich konnte fast schon sehen, wie ihm die Kinnlade herunterfiel, als ich das Telefonat beendete.

* * *

Ich las bis spät in die Nacht und wachte mit einer Seite meines Manuskripts auf, die an meiner Wange klebte. Missy hatte mir einen süßen Zettel auf dem Tisch hinterlassen, auf dem stand, ich solle sie anrufen, wenn ich reden wollte, dass Brooks offensichtlich ein Idiot war und dass ich ohne ihn besser dran war.

Ich lächelte und wusste Missys Unterstützung zu schätzen, obwohl Brooks eine der schlausten Personen war, die ich kannte, was auch einer der Gründe war, weshalb sein Feedback über meinen Roman so gesessen hatte. Ich ging ins Bad, um zu duschen. Anstatt in der Wohnung zu sitzen und alleine zu schmollen, entschied ich mich, spazieren zu gehen, um meinen Kopf freizubekommen und merkte, dass ich dem köstlichen Duft von frisch gemahlenen Kaffee folgte.

„Hey Michelle, na wie geht's?", fragte Courtney.

„Könnte besser sein", sagte ich, was untertrieben war. Nicht nur hatte ich die Liebe meines Lebens verloren und war (erneut) von Prince & Company abgelehnt worden, sondern hatte auch noch Phillip angerufen und unsere Unterhaltung war exakt genau so verlaufen wie immer. Es fühlte sich schlimmer an wie in *Und täglich grüßt das Murmeltier.* „Könnte ich bitte dasselbe wie immer bekommen?"

Sie blickte mich über ihre Kaffeemaschine hinweg an. „Was ist nun wieder passiert?"

„Alles in Ordnung, danke", log ich, da ich ihr ihren Morgen nicht ruinieren wollte. „Wie geht es dir heute?"

Eine Sonne aus goldenen Pailletten zierte vorn ihr strahlend blaues T-Shirt. „Mir geht es fantastisch. Es ist ein schöner Tag, die Sonne scheint und das Leben ist toll."

Ich schüttelte meinen Kopf. „Wenn du das sagst."

Sie gab Schaum auf meinen Kaffee, bevor sie den Deckel darauf steckte und ihn vor mir abstellte. Sie winkte mit ihren Händen, als ich versuchte, zu zahlen. „Der geht aufs Haus. Du siehst aus, als könntest du ihn gebrauchen."

Ich lächelte, was mir jedes bisschen Mühe abverlangte. „Danke, Courtney."

„Woop, woop, das ist besser!" Courtney hasste es, zu sehen, wie jemand schlecht drauf war, besonders ihre Freunde. „Genug mit dem höflichen Gerede. Was geht in deinem Kopf vor, Michelle?"

Ich seufzte. „Wo fange ich an?"

Sie beugte sich nach vorn und stützte sich mit ihren Ellbogen auf dem kleinen Tresen ab. „Naja, warum fängst du nicht mit deinem aktuellsten Problem an und arbeitest rückwärts?"

Ich nahm einen Schluck des heißen Kaffees und schloss meine Augen einen Moment lang. „Okay, mein aktuellstes Problem ist Phillip..."

Sie verdrehte die Augen, aber sagte nichts.

„Ich habe dir doch erzählt, dass ich neuntausend Dollar auftreiben muss, um seine Miete zurückzuzahlen, richtig? Naja, er hat mich letzte Nacht angerufen und gesagt, dass er weitere tausend Dollar braucht. Ich weiß nicht, was ich tun soll."

„Warum ist das dein Problem?" Courtney wickelte einen Brownie in eine Serviette und reichte ihn mir. Sie war ebenfalls jemand, der mich mit Nahrung versorgte. „Das Leben ist kurz ... viel zu kurz, um einen erwachsenen Mann aus der Klemme zu helfen, der selbst dann keine Ahnung von Verantwortung hätte, wenn es ihm auf die Stirn geschrieben stehen würde. Aber das wahre Problem ist...?"

Ich blinzelte und sah hinter mich, da sie mich weiterhin anstarrte. „Das wahre Problem? Was meinst du?"

Sie wackelte mit ihrem Zeigefinger in der Luft herum,

bevor sie damit gezielt in meine Richtung zeigte. „Das wahre Problem bist du, meine Liebe. Tut mir leid, das meine ich auf die netteste, mögliche Art.“

Ich zog meine Augenbrauen nach oben. „Was habe ich getan, außer, ihm immer und immer wieder aus der Klemme zu helfen?“

„Du hast ihn lieb, das verstehe ich, aber du ermöglichst es ihm, zu viel Geld auszugeben. Hör auf, ihm auszuhelfen. Hör auf, seine Schulden zu bezahlen. Und hör auf, dich von ihm ausnutzen zu lassen. Wenn das Konto leer wird, wird er aufhören müssen, über seinem Budget zu leben, besonders, da seine gute, alte Schwester nicht da ist, um alles wieder in Ordnung zu bringen.“

„Aufhören, ihm auszuhelfen?“, fragte ich und dachte darüber nach, wie das Resultat davon wohl aussehen würde, als ich einen winzigen Bissen von meinem Brownie nahm und ein zweiter Biss augenblicklich darauffolgte. Courtneys Gebäck kam von *Bernies Bäckerei* in East Sacramento und war richtig köstlich. „Ich habe den Mietvertrag für sein Apartment mitunterzeichnet. Ich bin für die Miete verantwortlich, wenn er sie nicht zahlt.“

Sie beugte sich zu mir. „Ja, aber allein die Drohung, dass du nicht zahlst, bringt ihn vielleicht zum Handeln. Sag ihm, du wirst dir rechtlichen Rat einholen, um deinen Namen aus der Vereinbarung streichen zu lassen, oder dass du nach Übersee ziehst . . . irgendetwas, damit er aufhorcht und merkt, was abgeht.“

„Vielleicht könnte ich wirklich ins Ausland gehen“, sagte ich und dachte darüber nach, wohin ich gehen würde. „Ich könnte mich eine Weile lang auf den Malediven verstecken. Ich habe gehört, da soll es schön sein.“

„Du musst ihn konfrontieren, Michelle. Sag ihm ganz genau, was in deinem Kopf vorgeht. Kein Blatt vor den Mund."

Ich kaute auf meiner Unterlippe herum. Sie hatte ein gutes Argument darüber gebracht, dass Phillip seine eigenen Probleme angehen sollte. Dadurch würde mir eine enorme Last von den Schultern fallen, nicht diese zusätzliche Verantwortung zu haben, die über meinem Kopf hing.

Ich nickte. „Du hast recht, wie immer."

Sie kniff ihre Augen zusammen und warf mir einen prüfenden Blick zu. „Aber das ist ganz und gar nicht das, was dich stört, oder?"

Ich schüttelte meinen Kopf. „Da ist außerdem die Sache mit dem Buch und ..."

„Du musst es mir nicht erzählen." Courtney nahm sich einen Lappen und begann, ihre bereits makellos glänzende Kaffeemaschine abzuwischen. „Ich habe Brooks diesen Morgen gesehen."

Ich erschauderte. „Oh?"

„Ja, ich habe ihn noch nie so aufgebracht gesehen. Was ist denn los?"

Ich erzählte Courtney davon, wie er zugestimmt hatte, mein Buch zu veröffentlichen, aber mir dann den Teppich unter den Füßen weggezogen hatte, indem er gemeint hatte, dass ich das andere Angebot annehmen solle.

„Ich verstehe es einfach nicht, Courtney. Was ist passiert?"

Sie hörte auf zu wischen. „Das Leben ist kurz, Michelle. Viel zu kurz, um mit einem traurigen Gesicht umherzulaufen. Rede mit Brooks, konfrontiere ihn und erzähle ihm exakt, was in deinem Kopf vorgeht."

„Das habe ich bereits versucht und er hat mich von sich gestoßen.“ Ich gab ein freudloses Kichern von mir. „Ihn ein zweites Mal zu konfrontieren ist viel einfacher gesagt, als getan.“

„Nicht denken, einfach machen.“

„Ich werde darüber nachdenken“, sagte ich und trat zur Seite, als ein weiterer Kunde auf ihren Wagen zugelaufen kam.

KAPITEL VIERZEHN

Nachdem ich umhergelaufen und Schaufenster-Shoppen (oder auch: hoffen, Brooks zu begegnen) gewesen war, entschied ich mich, Courtneys Rat anzunehmen und machte mich auf den Weg zu Phillips Wohnung. Gott sei Dank war das Apartment viel leiser als das letzte Mal, als ich dort gewesen war. Tatsächlich fragte ich mich, ob Phillip überhaupt zu Hause war, aber nachdem ich das dritte Mal geklingelt hatte, ertönte eine Stimme an der Gegensprechanlage.

„Hallo?", quietschte eine Stimme.

Ich trat zurück und sah mir den Knopf an, den ich gedrückt hatte und dachte, dass ich wohl an der falschen Wohnung geklingelt haben musste. Ich drückte ihn erneut, denselben wie zuvor.

„Hallo?", sagte die quietschende Stimme erneut.

Ich beugte mich zu dem Lautsprecher. „Phillip?"

„Oh, Michelle. Gott sei Dank bist du es", sagte er, seine Stimme klang wieder normaler. Die Tür öffnete sich und ich ging hinein. „Schwesterchen, wie schön, dich zu sehen!"

„Ich wünschte, ich könnte dasselbe behaupten", sagte ich, als er mich nach drinnen zog, draußen nach links und rechts sah und dann die Tür schloss.

Ich stemmte meine Hände in die Hüften. „Hast du gerade mit einer Frauenstimme über die Gegensprechanlage geantwortet?"

Er besaß den Anstand, beschämt zu wirken. „Ähm, irgendwie schon."

Meine Augen wurden groß. „Warum um alles in der Welt?"

Er verzog das Gesicht. „Naja, ein paar Leute sind wegen des Geldes, das ich ihnen schulde, hinter mir her. Ich habe so getan, als wäre ich eine kleine, alte Dame, damit sie verschwinden und es hat zweimal funktioniert." Er grinste und zuckte mit den Schultern. „Es ist doch eine gute Stimme, oder? Ich hab' dich total reingelegt."

„Das ist mehr als lächerlich." Ich verschränkte meine Arme. „Phillip, wir müssen reden."

Sein Gesicht verzog sich und er ließ sich mit einem Seufzen auf das Sofa fallen. „Oh-oh, klingt ernst."

Ich blieb stehen. „Es ist ernst, Phillip. Du hast keine Ahnung, in was für Schwierigkeiten du steckst und du ziehst mich da mit hinein. Das ist nicht die Titanic, Phillip. Ich bin kein Musiker in der Band. Ich mache mich jetzt aus dem Staub, solange ich noch kann."

Ich hatte nicht vorgehabt, meine Gedanken herauszuplatzen, aber ich konnte nicht anders. Phillip saß mit seinem Kopf in seinen Händen dort und ich ließ mich neben ihm nieder.

„Sieh mal, Phillip, du bist mein Bruder—"

„Stiefbruder", sagte er elendig.

Ich legte meine Hand auf seine Schulter. „Du bist mein *Bruder* und ich werde immer für dich da sein, aber ich kann dich finanziell nicht mehr unterstützten. Du musst anfangen, auf deinen eigenen beiden Beinen zu stehen. Es ist nicht fair, dass ich meine Vorauszahlung für mein Buch verwende, um deine Miete zu zahlen, während du noch mehr Geld in Läden verschleuderst, in denen ich es mir nicht einmal leisten könnte, einkaufen zu gehen."

Er warf mir einen scharfen Blick zu. „Ähm, was?"

Ich nickte. „Ich habe dich letztens bei Taylor & Sons gesehen. Du hast das halbe Geschäft leergekauft."

Phillip wirkte gedemütigt. „Warum hast du nichts gesagt?"

„Ich war auf einem Date, Phillip. Mein Leben kann nicht die ganze Zeit von dir und deinem unverantwortlichen Verhalten abgelenkt werden. Das muss aufhören, ein für alle Mal."

„So hast du noch nie mit mir geredet", sprach er, während seine Unterlippe bebte. Erschreckenderweise begann er zu weinen und drückte seine Handflächen in sein Gesicht. „Ich kann nicht anders, Michelle. Ich bin nicht so talentiert wie du. Ich brauche etwas, um mich besser zu fühlen."

„Zu shoppen lässt dich besser fühlen?", fragte ich.

„Ja, auf eine Weise. Ich fühle mich mit schönen Sachen erfolgreicher."

„Phillip, du hast keinen Job. Wie kannst du erwarten, dich erfolgreich zu fühlen?"

„Ganz genau", sagte er, schniefte und wischte sich über

seine Wangen. „Mir fehlt so viel in meinem Leben und ich weiß nicht, wie ich das hinbekommen soll. Ich bin nicht so stark wie du ...“

„Du kannst stark werden, eine gute Entscheidung nach der anderen.“

„Was soll das überhaupt heißen?“, fragte er und sah zu mir auf. „Du bist kreativ und bei dir läuft alles gut. Du gehst sogar auf Dates. Ich bin alleine und möchte etwas ändern. Ich *muss* etwas ändern, aber ich weiß nicht wie. Du wirst mich nicht auch noch alleine lassen, oder?“

Meine Augen begannen zu tränen. „Ich werde dich niemals verlassen, Phillip. Ich werde immer für dich da sein.“

Er brach in meinen Armen zusammen und lehnte seine Stirn gegen meine Schulter, während er schluchzte. „Alle verlassen mich.“

„Das stimmt nicht. Ich bin hier. Mama ist hier.“

„Sie hat mich zurückgewiesen.“

„Nur finanziell. Du bist ein erwachsener Mann, vollkommen dazu in der Lage, eine Arbeit zu finden und sich seinen Lebensunterhalt selbst zu verdienen. Sie kann dich nicht für immer auf diese Weise unterstützten.“

Er hob seinen Kopf. „Wirst du mir helfen?“

„Natürlich helfe ich dir, Bruder“, sagte ich und sah ihm in die Augen. Das war das erste Mal, dass Phillip mir diese verletzliche Seite von ihm gezeigt hatte. Obwohl es wehtat, ihn traurig zu sehen, war es auch ein großer Durchbruch. Ich ließ meinen Arm um seine Schultern und zog ihn zu mir. „Aber du musst dich an den Plan halten, okay?“

„Ich werde es versuchen.“ Er wischte sich seine Nase an seinem Ärmel ab—wie widerlich—und nickte. Sein

Gesichtsausdruck erinnerte mich an ihn, als er zwölf Jahre alt war und mein Herz schmolz.

„Nein, es ist, wie Mr. Miyagi es in *Karate Kid* gesagt hat. Entweder machst du's, du machst es nicht, oder du wirst zerquetscht wie eine Blaubeere."

Er verdrehte die Augen. „Wie eine Traube."

„Wie auch immer", sagte ich, während meine Mundwinkel zuckten. „Es war dein Lieblingsfilm, nicht meiner. Also, was sagst du? Wir schmieden einen Plan und du wirst dich daranhalten. Ja?"

Er bekreuzigte sich mit seinem Zeigefinger. „Das werde ich, versprochen. Also, was *ist* der Plan?"

Ich dachte einen Moment lang nach. „Als erstes suchen wir dir einen Job. Hast du hier irgendwo ein Tablet, mit dem wir ins Internet können?"

Er nickte und öffnete eine Suchmaschine. Ich nahm das Tablet von ihm, öffnete eine Seite für örtliche Stellenanzeigen und durchsuchte die Inserate.

„Okay, Phase eins. Wir durchsuchen die Jobanzeigen, finden eine, für die du qualifiziert bist und du bewirbst dich. Du musst es ja nicht lieben, aber du musst es machen, bis du etwas anderes findest. Einverstanden?"

Er lächelte mich das erste Mal an. „Einverstanden."

„Siehst du? Du hast deine erste gute Entscheidung getroffen. Du bist auf dem richtigen Weg."

„Michelle?"

„Ja, Phillip?"

„Ich hab' dich lieb."

Mein Herz erwärmte sich. „Ich habe dich auch lieb."

* * *

Nachdem ich die Wohnung meines Bruders verlassen hatte, entschied ich, in die Innenstadt zu laufen. Mit Phillip über den Tag zu reden, an dem ich ihn in der Boutique gesehen hatte, brachte bittersüße Erinnerungen an die Stunden zurück, die ich und Brooks in dem Buchladen verbracht hatten. Die Erinnerungen waren bitter, da Brooks nicht mehr in meinem Leben war und doch süß, da es eines der perfektesten Dates in meinem Leben gewesen war.

Ich wollte mit ihm reden, aber ich war mir nicht sicher, was ich sagen sollte. Und ich war wegen des Showdowns mit Phillip erschöpft, obwohl es sich diesmal als eine positive Erfahrung herausgestellt hatte. Also suchte ich auf die beste Weise, die ich kannte, Trost—in Büchern.

Als ich Hildas Himmlische Buchhandlung betrat, lächelte mich die Besitzerin grüßend an, als die Glocke über der Tür klingelte. Sie sah hinter mich, so als ob sie erwartete, dort jemand anderen stehen zu sehen.

„Willkommen zurück!", sagte sie fröhlich.

„Guten Tag, Hilda." Ich lächelte schweren Herzens, während ich ins Hintere des Ladens ging, wo Brooks und ich gesessen und zusammen gelesen hatten. Ich fuhr mit meinen Fingern geistesabwesend an den Buchrücken entlang, aber natürlich war *Little Women: Betty und ihre Schwestern* nicht dort, da Brooks es für mich gekauft hatte. Ich zog *Little Men* heraus, die Fortsetzung meines Lieblingsbuches.

Die Heizung war aus, aber ich setzte mich in denselben Sessel wie zuvor und obwohl ich versuchte zu lesen, blieben meine Gedanken einfach nicht bei den Worten. Ich musste immer wieder zurück an diesen Tag in Brooks' Büro denken.

„*Ein Deal ist ein Deal. Du weißt, dass ich schon immer ein Mann meiner Worte war, Michelle. Ich habe gesagt, ich würde es so veröffentlichen, wie es ist, wenn du gewinnst, und das hast du. Glückwunsch.*"

Ich wusste, als er diese Worte gesagt hatte, dass die Dinge steil bergab gehen würden. Die ganze Idee der Herausforderung war, seinen Kopf für das Buch zu öffnen und nicht, dass er widerwillig zustimmte, mein Buch ohne jegliche Änderungen zu veröffentlichen, weil ich irgendeine dumme Wette gewonnen hatte.

„*Ich finde immer noch, es ist weit hergeholt, aber auf eine süße Art und Weise und die Leser lieben sowas, also ist alles gut.*"

Ich konnte spüren, wie mein Gesicht brannte, als ich an sein Lächeln dachte. Wie konnte er behaupten, dass meine Idee von Romantik weit hergeholt war, wenn wir die Kapitel wortwörtlich erlebt und uns ineinander verliebt hatten? Oder zumindest hatte ich das gedacht. Wenn Brooks sich wirklich in mich verliebt hatte, wäre er direkt hinter mir gestanden und hätte mich wie ein Partner angefeuert und mich nicht wie ein Redakteur kritisiert.

„*Ein Date in einer Besenkammer hätte für uns funktioniert, Michelle. Wir sind füreinander bestimmt.*"

„Offensichtlich *nicht*", grummelte ich, während ich das Buch zuschlug und das Lesen aufgab. Wenn Brooks und ich füreinander bestimmt wären, wären wir immerhin gerade zusammen. Ich bekam einfach nicht in meinen Kopf, wie er sich im Bruchteil einer Sekunde verändert hatte.

„Hey, wenn du das Buch nicht willst, stell es einfach

wieder zurück ins Regal. Du musst es nicht durch die Gegend schmeißen!“, ertönte eine mir bekannte, männliche Stimme.

Ich erschreckte mich und drehte mich um. „Brooks . . . Was machst du hier?“

Seine Anwesenheit schien den ganzen Raum auszufüllen. „Du siehst mich in einer Buchhandlung und du bist überrascht?“

Ich zuckte mit den Schultern. „Guter Punkt. Aber . . . das ist unsere Buchhandlung.“

Er hob eine Augenbraue. „Unsere Buchhandlung?“

Mein Gesicht wurde heiß. „Ich meine, es gibt Buchhandlungen, die näher an deiner Wohnung liegen, das ist alles.“

Er hockte sich auf die Armlehne einer der Sessel und lächelte, schob sich seine Brille auf seiner Nase nach oben und fuhr sich mit seiner Hand durch seine Haare. „Aber ich mag diese hier.“

Ich nickte. „Also wie läuft's—“

„Ich bin Courtney begegnet—“

Wir hatten beide gleichzeitig geredet, weshalb ich zu lachen begann. Dann fiel mir wieder ein, dass es gerade nichts zum Lächeln gab.

„Entschuldige, du zuerst“, sagte er.

Ich lächelte unfreiwillig. „Ich wollte dich nur fragen, wie die Arbeit läuft.“

Er nickte. „Passt . . . ganz gut. Ich habe Courtney heute Morgen gesehen.“

„Ich auch. Habe einen ihrer köstlichen Brownies gegessen“, sagte ich und richtete meinen Blick dann zur Decke.

„Das ist lahm. Wir reden wie zwei Fremde, nicht wie Leute, die sich seit Jahren kennen.“

Er stand von der Lehne auf und setzte sich auf den Sessel. „Nur, damit du es weißt, du wirst niemals eine Fremde für mich sein, Michelle.“

Ich atmete tief durch. „Brooks, ich habe mich entschieden, das Angebot von Jodi anzunehmen. Ich habe einen Termin bei ihr, um den Vertrag durchzugehen, aber das Ende vom Lied ist, dass sie bereit ist, das Buch exakt so, wie es ist, zu veröffentlichen.“

Brooks schenkte mir das strahlendste Lächeln, das ich jemals gesehen hatte. „Das sind fantastische Neuigkeiten, Michelle.“

Ich war mir nicht sicher, welche Reaktion ich erwartet hatte, aber Begeisterung war es sicherlich nicht.

„Glückwunsch.“ Er sah auf seine Armbanduhr und stand dann auf. „Hör mal, ich muss los, aber . . . ich freue mich wirklich für dich.“

Als ich ihm nachsah, wie er verschwand, konnte ich nicht anders, als mich verletzt zu fühlen, dass er nicht einmal ein bisschen enttäuscht zu sein schien, dass wir nicht zusammenarbeiten würden. Vielleicht verarbeitete er alles und ließ uns hinter sich, was hieß, dass ich dasselbe tun sollte. Wenn nur mein Herz kooperieren würde.

KAPITEL FÜNFZEHN

Ich kam am mit gemachten Haaren und geschminkt Fußballfeld an, in der Hoffnung, dass ich dadurch besser aussehen würde, als ich mich fühlte.

Missy begutachtete mich einmal von oben bis unten und pfiff. „Neben dir fühle ich mich fast schon schlicht, Michelle."

Ich lächelte sie halbherzig an. „Naja, man weiß ja nie, wem man auf einem Fußballspiel in der Freizeit begegnet."

Sie kniff ihre Augen zusammen. „Hast immer noch nichts von Brooks gehört, hm?"

Ich schüttelte den Kopf. „Nö."

Sie drehte sich um nahm sich ein Tablett mit Bechern gefüllt mit Orangensaft. „Naja, nun, da du hier bist, kannst du helfen, den Spielerinnen in der Halbzeit die Getränke zu reichen." Sie nickte in die Richtung der Spielerinnen auf dem Feld, inklusive Krista, die in ein paar Minuten für die Halbzeitpause vom Feld kommen würde.

„Warum verteilst du Orangensaft?", fragte ich.

Sie zuckte mit den Schultern. „Anscheinend hat Krista

sich freiwillig gemeldet, heute Getränke mitzubringen und es vergessen. Ich war ihr noch etwas schuldig, oder, weißt du, eine ganze Menge, also habe ich ihr angeboten, kurz für sie einzukaufen. Und *voila*.“

Ich lächelte. „Dann helfe ich gerne.“

„Du bist eine gute Freundin—“ Missy duckte sich, als ein Ball über ihren Kopf hinwegsegelte, aber sie schaffte es den Getränkehalter mit den Bechern, die sie gerade eingeschenkt hatte, aufrecht zu halten.

„Beeindruckend“, sagte ich und versuchte, für meine Freundin ein wenig optimistischer und positiver zu sein, besonders an diesem sonnigen Tag im Park. Leider fühlte ich mich gerade besonders niedergeschlagen. „Zumindest ist Krista bei der Sache. Scheint, als wäre alles, was ich jemals tue, am Spielfeldrand zu sitzen und zuzusehen.“

Eine der Auswechselspielerinnen drehte sich um und sah mich an. „Sie müssen nicht einfach nur zusehen. Wir suchen immer nach neuen Mitgliedern für unsere Mannschaft. Es ist ein toller Sport.“

„Oh, danke . . .“ Ich rümpfte meine Nase und erschauderte. „Ich meinte das mit dem Spielfeldrand metaphorisch. Sie wissen schon, der Spielfeldrand des Lebens und der Liebe.“

Ihre Augen wurden groß und sie nickte. „Oh, ich verstehe.“

„Schätze, Sie können mir nicht mit einer Lösung für eines dieser Probleme helfen?“

„Sorry“, sagte sie und lächelte. „In dieser Hinsicht stehe ich selbst vor ein paar Herausforderungen.“

Missy beugte sich näher zu mir. „Sollten wir nicht gerade trainieren? Dann fühlst du dich vielleicht besser.“

Ich seufzte. „Um ehrlich zu sein ist alles, was ich tun will, mir Eiscreme und Donuts in den Mund zu schieben, also ist Sport gerade das Letzte, was mir in den Sinn kommt."

„Das wird vorbeigehen, Michelle."

Da Brooks ein Jahrzehnt die Liebe meines Lebens gewesen war, bezweifelte ich, dass es vorbeigehen würde, also entschied ich, das Thema zu wechseln. „Es ist tatsächlich nicht alles schlecht. Ich habe den Vertrag für mein Buch *Es war einmal ein Date* unterschrieben. Sie liebt den Titel und sagt, sie möchte ihn so lassen."

Missys Gesicht begann zu strahlen. „Und warum erzählst du mir diese fantastischen Neuigkeiten jetzt, wenn ich ein Tablett halte und dich nicht umarmen kann? Das ist großartig, Ms. Autorin-unter-Vertrag! Hast du letztendlich bei einer anderen Redakteurin bei Prince & Company veröffentlicht?"

So viel zum Themawechsel.

„Nein, ich habe mich für den anderen Verlag *Paradise Bound* entschieden. Sie haben mir einen höheren Vorschuss und bessere Konditionen angeboten. Ich bin froh über den Vertrag. Es ist nur, dass . . ." Ich schweifte ab und wusste nicht, wie ich den Satz beenden sollte.

„Nur, dass es nicht bei Brooks ist? Naja, Gott sei Dank dafür, oder?"

Ich liebte die Art, wie Missy immer auf meiner Seite stand. „Als ich und er miteinander ausgegangen sind, als wir jung waren, hätte ich die Schule gewechselt, nur, damit ich bei ihm bleiben konnte. Für mich steht Liebe über allem. Und bei dem Vertrag hat dasselbe für mich gegolten. Ich habe ihm mein Wort gegeben, also hätte ich es auch gehalten, selbst, obwohl der Deal nicht so gut gewesen wäre."

„Klingt, als wäre das geschäftstechnisch keine gute Entscheidung." Missy balancierte das Tablett auf einer Hand, während die Pfeife zur Halbzeit ertönte und sie schaffte es, ihren freien Arm um meine Schulter zu legen. „Es ist allerdings moralisch gesehen eine gute Entscheidung, sein Wort zu halten. Ich weiß, dass du ein loyaler Mensch bist. Und Brooks ist einfach ein—hey, Vorsicht!" Sie balancierte das Tablett, als die Spielerinnen sich um sie versammelten und nach den Bechern griffen, ganz heiß und verschwitzt durch ihre Zeit auf dem Feld.

„Danke, dass du den Orangensaft besorgt hast, Missy." Krista grinste, als sie sich ein Getränk nahm. Dann verteilten wir die restlichen Becher an die Spielerinnen, die noch nichts bekommen hatten.

„Also", sagte ich, während Missy den leeren Getränkehalter abstellte. „Wolltest du gerade sagen, dass Brooks ein fester Freund der Vergangenheit ist?", fragte ich und wünschte mir, dass ich ihn dort in meinem Kopf hinschieben könnte.

„Eigentlich wollte ich gerade sagen, dass er ein Herzensbrecher ist", meinte sie, aber das ließ mich nicht besser fühlen.

„Das ist er wirklich", sagte ich und umarmte Missy diesmal richtig.

„Ich freue mich wirklich über deinen Buchvertrag. Glückwunsch", sagte sie.

„Danke", sagte ich und erwiderte ihre Umarmung, als das Spiel wieder zur zweiten Halbzeit begann. „Ich weiß all deine Unterstützung zu schätzen, besonders, da du mich umsonst in deinem Penthouse wohnen lässt. Endlich kann ich anfangen, dir Miete zu zahlen.“

„Oh, bitte. Ich würde *dich* bezahlen, bei mir zu wohnen. Es ist so lustig, dich als Mitbewohnerin zu haben. Es ist allerdings schön, dass du eine größere Vorauszahlung bekommen hast, selbst, wenn du dich an die Vereinbarung mit Brooks gehalten hättest.“

„Ich habe Brooks jedes Mal an erste Stelle gestellt“, sagte ich traurig. „Nicht, dass es mir viel Gutes getan hat.“

„Nun, das ist eine Sache, die ihr beiden gemeinsam habt“, sagte sie, während ihr Kopf nach oben schnellte. „Brooks stellt Brooks auch jedes Mal an erste Stelle.“

Ich lachte über ihren Witz, obwohl Tränen drohten, mich zu übermannen.

„Hör mal, die Sache ist, du brauchst jemanden, du *verdienst* jemanden, der dich und eure Beziehung an erste Stelle setzt“, sprach sie und gestikulierte mit ihrer Hand, während der der glänzende Diamant an ihrem Ringfinger das Licht reflektierte. „Brooks hat das niemals für dich getan. Damals nicht und heute auch nicht.“

„Schätze, das stimmt wohl.“ Ich nahm mir einen noch immer vollen Becher mit Orangensaft, trank davon und wünschte mir, es wäre Kaffee. „Ich weiß nicht, ob Brooks jemals für solch eine feste Beziehung bereit sein wird. Vielleicht habe ich mir diesmal selbst etwas vorgemacht.“

Missy nickte in die Richtung einer hölzernen Bank ein wenig weiter vom Spielfeld entfernt und ich folgte ihr, woraufhin ich mich neben sie setzte. „Was meinst du?“, fragte sie.

„Ich glaube nicht, dass der wahre Grund, weshalb mich Brooks von sich gestoßen hat, ist, damit ich einen höheren

Vorschuss bei *Paradise Bound* bekommen konnte. Ich habe das Gefühl, das ist nur eine Ausrede", sagte ich und seufzte. "Sein Papa starb, als er jung war. Brooks war mit seiner Mutter alleine, bis sie einen anderen Typen kennengelernt und mit ihm abgehauen ist, weshalb Brooks zurückgeblieben ist und von seinen Großeltern großgezogen wurde. Ich glaube, er hat echte Vertrauensprobleme. Ich bin mir nicht sicher, ob er jemals darüber hinwegkommen wird. Allerdings hoffe ich, dass er das tut."

"Bist du bereit, auf die unwahrscheinliche Chance zu warten, dass das passiert?", fragte Missy und verdrehte die Augen. "Sieh mal, Michelle, du bist hübsch und klug und witzig und du wirst deinen Prince Charming finden, wenn die Zeit dafür gekommen ist. Ich habe alles bei Nick gefunden, das Gesamtpaket aus Liebe, Vertrauen und Hingabe. Das wirst du auch finden. Den echten Deal, den, den du immer gewollt hast."

"Ich bin mir sicher, du hast recht", meinte ich, aber glaubte es nicht wirklich, denn derjenige, den ich wollte, war Brooks. Er war derjenige, den ich immer gewollt hatte. Jedoch hatte Missy in einer Hinsicht recht. Mein Prince Charming im echten Leben würde mich auch an erste Stelle setzten. So viel hatte zumindest ich verdient.

Ich stand auf, als die Pfeife ertönte und das Ende des Spiels verkündete. "Ich muss los, aber ich sehe dich und Krista heute Abend auf der Fashionparty, okay? Und ihr tanzt besser mit mir, da ich kein Date habe . . . versprochen?"

Missy berührte mit ihrer Hand ihren Hut, um zu salutieren, als ich ging. "Großes Indianerehrenwort."

* * *

Ich hatte mich auf Missys Modeparty gefreut, aber das war, als Brooks meine Begleitung hätte sein sollen. Nun ging ich alleine hin. Ich machte mich schweren Herzens fertig. Mein Märchenkleid hing an meiner Schranktür und anstatt mich darauf zu freuen, mich wie eine Cinderella des echten Lebens zu kleiden, konnte ich nur enttäuscht sein, dass Prince Charming—aka: Brooks—nicht mit mir dort sein würde.

Ich zog mir die Robe über meinen Kopf und atmete tief durch (aber nicht zu tief, da das Oberteil *sehr* eng anlag). Ich sah mich im Spiegel an. Es war definitiv ein hübsches Kleid. Der zarte Blauton betonte meine Augen perfekt.

Es fehlte nur irgendetwas und es begann mit einem „B". Ich zog in Erwägung, ob ich in den sauren Apfel beißen und Brooks anrufen sollte, als es gerade an der Eingangstür klopfte. Mein Herz sprang in meinen Hals, während ich mich wunderte, ob er denselben Gedanken gehabt hatte und nun draußen vor meiner Tür stand.

„Ich komme gleich!", rief ich und zog das Kleid aus, da ich nicht wollte, dass Brooks mich darin sah, bis alles perfekt war. Mein Herz pochte, als ich meinen Bademantel überwarf, tief durchatmete und an die Tür ging.

„Oh, Phillip . . ." Ich versuchte die Enttäuschung in meiner Stimme zu verbergen, als ich sah, wie mein Bruder auf dem Gang stand, aber er schien es nicht bemerkt zu haben, da er mir eine feste Umarmung gab und dann hineinkam.

Ich schloss die Tür und blieb einen Moment lang stehen, während ich meine Gedanken sammelte. Wenn

Phillip mich um die Miete für einen weiteren Monat bat, würde ich nein sagen. Das war alles.

„Ich habe nicht viel Zeit, Phillip", sagte ich und machte mich auf das gefasst, weshalb er hier war. „Missys Mode-Event ist heute Abend und ich muss mich noch fertigmachen. Ist bei dir alles in Ordnung?"

Er lächelte und nickte. „Alles bestens, Schwesterchen. Rate mal, was passiert ist?"

Ich schüttelte den Kopf. „Ich weiß nicht, was denn?"

„Ich habe einen Job!"

Kurz stand mir der Mund offen und dann klatschte ich in die Hände. Das *waren* gute Neuigkeiten, außer . . . „Warte, das ist nicht eines dieser schnell-reich-werden-Maschen, oder?"

Er kicherte. „Nein, es ist eine echte Vollzeitstelle. Berufseinsteiger, aber ich bin aufgeregt. Ich fange Montag an. Ich werde für eine große Werbeagentur in der Innenstadt arbeiten. Sie waren von meinem Wissen über Designer-Marken überrascht—eine der positiven Ergebnisse meiner Kaufsucht—und haben gesagt, ich wäre eine Bereicherung für die Firma."

Mir schossen Tränen in die Augen, aber diesmal waren es Freudentränen. „Ich bin so stolz auf dich. Ich wusste, dass du das schaffen kannst. Letztendlich sehen die Dinge doch gut aus für dich."

Er strahlte. „Das ist noch nicht alles. Ich habe die Kleidung, an der die Etiketten noch hingen, zu Taylor & Sons zurückgebracht und mir das Geld wiedergeben lassen. Ich habe auch eine Menge Dinge verkauft, also war es mir möglich, die Miete eines Monats zurückzuzahlen und", er trommelte mit seinen Händen in einem Rhythmus auf dem

Kaffeetisch, „ich werde die restlichen Mietrückstände selbst abzahlen können, dank des neuen Budgetplans, bei dem Mama mir geholfen hat, ihn zu erstellen."

„Du hast dich wieder mit Mama vertragen?"

„Jap." Er setzte sich auf die Lehne der Couch. „Du hattest recht mit dem, was du gesagt hast. Sie hatte mich nur finanziell zurückgewiesen. Ich bin derjenige, der *sie* emotional zurückgewiesen hatte. Sie hat mich sofort willkommen geheißen und mir gezeigt, wie ich mit meinen Gehaltschecks Zahlungen planen kann. Meine Finanzen sind jetzt so gut organisiert, dass du sie niemals wiedererkennen würdest."

„Das ist toll", sagte ich und legte eine Hand auf seinen Unterarm.

„Natürlich erst einmal kein Shoppen mehr, aber das ist eines der Dinge, die mich überhaupt erst in dieses Chaos gebracht haben. Außerdem war das Glück meiner Shoppingtouren nur flüchtig und vergänglich."

„Ich bin froh, dass du das jetzt erkennst."

„Und das alles dank dir, Schwesterchen." Sein Gesichtsausdruck wurde ernst. „Was du gesagt hast, hat mich wirklich getroffen."

„Was davon?", fragte ich.

„Du hast zu mir gemeint, ich könnte stark werden, eine gute Entscheidung nach der anderen. Du hast an mich geglaubt, aber du hast mir auch keine andere Wahl gelassen, da du mir den Hahn zugedreht hast."

Ich drückte seinen Unterarm. „Ich wollte nur das Beste für dich."

„Das weiß ich jetzt. Jedenfalls habe ich damit angefangen, deinen Rat zu befolgen. Ich habe es auf eine Entscheidung nach der anderen aufgeteilt. Und damit werde ich auch weitermachen."

„Ich bin wirklich stolz auf dich, Phillip", meinte ich und umarmte ihn fest.

Er drückte meine Taille und begann mit mir durch das Zimmer zu tanzen. „Hey, schickes Kleid!"

Das Märchenkleid lag ausgebreitet auf meinem Bett, sodass man es durch meine offene Schlafzimmertür sehen konnte. Als Phillip das Kleidungsstück erwähnte, kam meine Niedergeschlagenheit zurück.

„Danke, aber ich bin gerade irgendwie nicht in der Stimmung, es zu tragen", sagte ich und biss mir auf die Unterlippe. „Ich möchte nach deinen guten Neuigkeiten aber deine Laune nicht herunterziehen."

„Schwesterchen, du bist seit Jahren für mich da. Jetzt bin ich an der Reihe, für dich da zu sein."

Ich lächelte. „Naja, zuerst die guten Neuigkeiten. Ich habe mein Buch verkauft."

„Das ist der Hammer! Warum bist du dann schlecht drauf?"

Ich brachte ihn auf den neusten Stand und erzählte, was mit Brooks geschehen war. „Ich weiß, dass ich etwas Besseres verdiene, aber ich vermisse ihn."

„Was ist Brooks' Problem? Ich habe den Kerl gemocht, Schwester, aber er muss verrückt sein, dich gehen zu lassen. Bist du dir sicher, dass es vorbei ist? Könnte es nur eine kleine Streiterei zwischen zwei Liebenden gewesen sein? Ich meine, ich bin kein Experte, was Herzensangelegenheiten betrifft, aber ihr beiden habt immer so gewirkt, als wärt ihr füreinander geschaffen."

Ich schüttelte meinen Kopf, war dankbar für seine

Unterstützung und berührt, dass er so süß zu mir war. „Ich denke nicht, da er ziemlich entschlossen und endgültig gewirkt hat. Und er wusste, wie wichtig dieser Abend für meine Freundin ist und er hat mich nicht einmal angerufen. Jetzt muss ich alleine gehen."

Phillip zog mich zu sich und knuddelte mich brüderlich. „Nun, du musst dir das Kleid anziehen und ein Lächeln aufsetzen, denn Cinderella, du *wirst* zu dem Ball gehen."

„Ja, ich werde gehen", sagte ich und erinnerte mich, wie ich mich dazu gezwungen hatte, auf den Maskenball zu gehen und dass der Abend toll geworden war. Zumindest für eine kurze Zeit.

„Tut mir leid, dass ich so ein schlimmer Stiefbruder gewesen bin", sagte Phillip und legte seinen Kopf zur Seite. „Kein hässlicher, wohlgemerkt, aber nicht der Beste."

Ich lachte, während ich ihn zur Tür brachte. „Nun ja, Phillip, manchmal brauchen schlimme Stiefbrüder einfach einen Neuanfang im Leben, um das Beste aus ihnen herauszuholen."

„Vielleicht ist das bei Cinderellas der heutigen Zeit genau dasselbe", meinte er und gab mir einen Kuss auf die Wange, bevor er aus der Tür verschwand und ich zurückblieb, um mich für die große Nacht fertig zu machen.

KAPITEL SECHZEHN

Missys gehobene Modeboutique *Fashionably Late* war überfüllt, als ich ankam. Ich durchsuchte die Menschenmenge nach Krista, meinem Date für den Abend. Ich entdeckte sie bei einigen unserer anderen Freunde und bahnte mir meinen Weg zu ihr, wobei ich mir ein Glas Champagner von einem vorbeigehenden Kellner schnappte.

„Hey", sagte Krista, während sie mir einen Kuss auf beide Wangen gab. Sie trat zurück und hielt mich eine Armlänge auf Abstand. „Du siehst Atemberaubend aus. Definitiv die Ballkönigin."

„Oh, danke", sagte ich und gab dann das Kompliment zurück, was einfach war, da Krista immer atemberaubend aussah. Dann begrüßte ich den Rest der Gruppe.

Missy war bemerkenswert ruhig, während sie die Hand von Nick, ihrem eigenen Prince Charming, hielt. Neben ihnen standen Abigail und Cooper, Hannah und Blake, Jennifer und Dylan, sowie Lucy und Jake, die alle freundlich lächelten. Außerdem war ich erfreut, zu sehen, dass meine Freundin aus Blue Moon Bay wie versprochen heute Abend gekommen war. Kari Smith hatte mir erzählt, sie würde in die Stadt kommen, um sich nach einem Büro umzusehen, das sie mieten wolle, da sie an einer Wandmalerei arbeiten würde, die ihr in Auftrag gegeben wurde.

Missy zog mich zur Seite. „Wie geht es dir?"

„Mir geht es echt gut", sagte ich und schenkte ihr ein strahlendes Lächeln.

„Jap, klar. Sag's mir, ehrlich."

„Ist das nicht offensichtlich?" Ich seufzte und nahm einen Schluck Champagner. „Was soll ich sagen? Ich habe ein gebrochenes Herz, Missy. Es hilft, dass so viele unserer Freunde hier sind, aber..."

Sie nickte. „Ich verstehe es, vertrau mir. Versuche die ganze Sache mit Brooks für heute Nacht zu vergessen, damit du den Abend genießen kannst. Man weiß ja nie, vielleicht findest du sogar deinen echten Ritter in glänzender Rüstung."

Ich lächelte und wusste ihre Unterstützung zu schätzen. Die Dinge wurden allerdings von schlimm zu schlimmer, als der DJ das nächste Lied spielte und Celine Dion mit ihrer wunderschönen Stimme den Text zu „Die Schöne und das Biest" zu singen begann. Dann stimmte Peabo Bryson ein und meine Sicht wurde verschwommen. Ich verschwand schnell auf die Toilette, bevor mich jemand sehen konnte.

Als das romantische Lied, zu dem Brooks und ich auf dem Maskenball getanzt hatten, gespielt wurde, fluteten Erinnerungen meine Gedanken und ich konnte es nicht mehr ertragen. Ich wusste, dass Brooks mich liebte. Ich spürte es in allem, was er sagte und tat. Er konnte uns vielleicht leichtfertig aufgeben, da er zuvor verletzt worden war, aber ich hatte die Kraft, *sein* Ritter in glänzender Rüstung zu sein. Ich holte mein Smartphone aus meiner Handtasche und wählte seine Nummer, bevor ich meine Meinung ändern konnte. Ich hörte direkt das Klicken.

„Brooks? Ich bin es. Hör mal, wir müssen reden. Es ist nur, dass—"

„Hallo, hier ist der Anrufbeantworter von Brooks Keller. Ich kann Ihren Anruf im Moment nicht entgegennehmen, aber wenn Sie mir Ihren Namen, Ihre Nummer und eine kurze Nachricht hinterlassen, rufe ich Sie sobald ich kann zurück."

Ich wartete ungeduldig, dass Brooks' Tonband aufhörte zu sprechen. Als das *Piepsen* schließlich ertönte, holte ich tief Luft und sagte: „Du glaubst vielleicht nicht an moderne Märchen, Brooks, aber ich bin hier, um dir zu sagen, dass sie echt sind. Ich bin mit meinen Freunden hier und du solltest sie kennenlernen. Sie haben ihre Happy Ends gefunden und bei ihnen ist auch nicht immer alles so glatt gelaufen. Ich lasse nicht zu, dass du uns ruinierst, weil du Angst hast. Wir müssen uns treffen und das miteinander klären. Ruf mich zurück."

Ich legte auf und steckte mein Handy wieder in meine Handtasche, während ich nervöser war als jemals zuvor. Was, wenn er nicht zurückrief? Wenn er wirklich mein Prinz war, würde er das tun. Daran musste ich glauben. Wenn nicht . . . naja, ich war mir noch immer nicht sicher, ob ich bereit war, so einfach aufzugeben.

Als ich die Toilette verließ, bemerkte ich, dass alle nach draußen zur Eingangstür eilten. Einen Moment lang wunderte ich mich, ob es ein Feuer oder einen anderen

Notfall gab, aber ich hörte keinen Alarm. Ich sah Frankie, einen Reporter für den Nachrichtensender Triple S (aka: Sacramento Social Scene), der an mir vorbeieilte.

„Was geht hier vor sich?", fragte ich ihn.

„Irgendetwas mit einem weißen Pferd. Ist das nicht fantastisch? Das ist alles, was ich weiß", sagte er und schloss sich der Menge an, die *Fashionably Late* verließ, obwohl die Party gerade erst begonnen hatte.

Ich runzelte verwirrt die Stirn, aber da niemand mehr im Laden zu sein schien, folgte ich der Menschenmenge, was ironischerweise etwas war, das ich immer versucht hatte zu vermeiden.

„Missy, was ist hier los?", fragte ich, als ich Missy und Nick einholte.

„Sieh mal, Michelle!" Missy grinste und zeigte auf ein wunderschönes, weißes Pferd, das geduldig auf der Straße stand, eine Reihe an Autos dahinter wartend—wobei einige Fahrer hupten und andere die ganze Sache mit ihren Handys filmten.

Der Reiter im Smoking drehte seinen Kopf, als er die Menge absuchte, bis seine blauen Augen meine fanden. Mein Herz überschlug sich und ich spürte, wie mir Hitze in die Wangen stieg.

„Brooks!" Ich starrte ihn an, während meine Augen groß wurden. „Ich-ich habe dich gerade angerufen. Du bist nicht rangegangen."

Er grinste. „Ich war etwas beschäftigt."

Ich schlug mir meine Hand vor den Mund. Das war eine Szene aus meinem Buch! Darin muss der Held am Ende zu der Heldin gelangen, aber er steckt im Verkehr fest, also schnappt er sich ein weißes Pferd und reitet durch das Chaos, um zu ihr zu gelangen. Ironischerweise war das auch die Szene, die Brooks als am unrealistischsten bezeichnet hatte.

Ein Polizeiauto kam angefangen, ein Beamter stieg aus und ging auf Brooks, der auf dem Pferd saß, zu, doch bevor er zu ihm gelangen konnte, rief Abigails Freund Cooper, der ebenfalls Polizist war, den Beamten zu sich hinüber und bat ihn, Brooks eine Minute zu geben.

Brooks führte das Pferd in meine Richtung und kam auf dem Bürgersteig zum Stehen. Mit einer Hand hielt er die Zügel und mit der anderen machte er eine schwungvolle Geste in der Luft und räusperte sich.

„Mein Name ist Prinz Brooks Keller und durch königlichen Befehl wurde verordnet, dass ich erst in mein Königreich zurückkehren solle, wenn ich Euch, Prinzessin Michelle Moss, an meiner Seite habe. Ich habe die Länder nah und fern nach meiner Dame abgesucht und ich solle nicht wiederkehren, bis ich sie finde, denn es steht in den Sternen geschrieben, dass ich dann, und nur dann, meinen rechtmäßigen Platz auf dem Thron des Königreichs Groß Kellerlands einnehmen werde.“

Das Pferd wurde ein wenig unruhig, da alle stetig näher und näher kamen, von Brooks zu mir und dann wieder zurück zu ihm sahen, während sie nicht ganz glaubten (aber liebten), was sie dort sahen. Zu dem Polizeioffizier hatte sich nun ein Kollege gesellt, aber keiner von ihnen tat etwas, um Brooks' Verkündung zu unterbrechen.

„Das wird im Internet viral werden, das weiß ich einfach“, rief jemand und die Menge lachte gutmütig.

„Brooks, was um alles in der Welt tust du da?“, fragte

ich, halb geflüstert, halb gebrüllt. Ich war beschämt, aber auch aufrichtig berührt. „Du brichst das Gesetz!"

„Ich brauchte einen Neuanfang", sprach Brooks, als er von dem Pferd hinuntersprang. „Das Einzige, was hier heute Nacht gebrochen wird, ist mein Herz, wenn Ihr nicht mit mir mitkommt, Prinzessin Michelle Moss." Ein gemeinsames „oohhh" ertönte aus der Menschenmenge und ich bemerkte, dass sogar der Polizist lächelte.

„Einmal in meinem Leben mache ich das Unrealistische zur Realität, um dir zu beweisen, dass ich an Märchen glauben *kann* und werde, solange ich dich habe."

Ruhe legte sich über die Menschen, als alle gespannt zuhörten, was Brooks sagte.

„Die Wahrheit ist . . . ich liebe dich, Michelle. Ich habe dich immer geliebt. Ich bereue die Entscheidung, die ich getroffen habe, als ich jung und dumm war. Ich hätte unsere Beziehung an erste Stelle setzen sollen, so wie du es getan hast. Ich hätte auf ein College in deiner Nähe gehen sollen. Ich werde den Fehler, uns zu trennen, nie wieder machen. Also . . ."

Er fiel auf ein Knie und hob seine Hand, in der eine kleine, rote Schachtel aus rotem Samt zum Vorschein kam. Darin war ein funkelnder Ring mit einem Diamanten in Prinzessinnen-Schliff, der auf einem Platinring saß. Ich schlug meine Hand über meinen Mund, als ich realisierte, dass das der exakte Ring aus meinem Buch war.

„Wirst du mir die Ehre erweisen, mich zu heiraten? Damit wir glücklich bis ans Ende unserer Tage leben können?"

Ein einzelnes Jubeln ertönte aus dem Publikum und ich erkannte Courtneys Stimme, die schon bald von weiteren jubelnden Leuten übertönt wurde, während andere still und leise auf meine Antwort warteten. Alle beugten sich nach vorn, näher zu uns, als ob sie aufgeregt darauf warteten, meine Antwort zu hören.

„Ich würde nichts lieber wollen als das, Prinz Brooks. Ja, ich möchte dich heiraten . . .", schluchzte ich, während er lächelte und mir den Ring an meinen Finger steckte. „Du bist mein Happy-End", sagte ich.

Die Autos hupten feierlich—eine Art von moderner Fanfare—als Brooks mich in seine Arme nahm, mich nach hinten beugte und mich mitten auf der Straße küsste, während die Menschen jubelten. Selbst mit einem modernen, sehr realistischen Prinzen war mein Märchentraum schließlich wahr geworden.

Ende

Wenn Sie es genossen haben, Zeit mit diesen Figuren zu verbringen,
lesen Sie auf jeden Fall Kristas Geschichte in:

Das Insel-Date
(Ein neuer Versuch für ein Date, Buch 7)

ÜBER DIE AUTORIN

SUSAN HATLER ist eine Bestsellerautorin der *New York Times* und von *USA TODAY*, die humorvolle, gefühlsbetonte, zeitgenössische Romantik für Erwachsene sowie Romane für Heranwachsende schreibt. Viele ihrer Bücher werden ins Spanische und ins Deutsche übersetzt. Da sie von Natur aus Optimistin ist, glaubt sie, dass das Leben überraschend ist, Menschen faszinierend sind und Phantasie grenzenlos. Gerne verbringt sie ihre Zeit mit den Hauptfiguren ihrer Geschichten und hofft, dass Sie das genauso gerne tun.

**** REGISTRIEREN SIE SICH EINFACH FÜR SUSANS EXKLUSIVEN LESER-NEWSLETTER UNTER SUSANHATLER.COM/NEWSLETTERDE ****

Hier können Sie Susan Hatler erreichen:

Facebook: facebook.com/authorsusanhatler
Instagram: instagram.com/susanhatler
Twitter: twitter.com/susanhatler
Website: susanhatler.com/deutsch

BÜCHER VON SUSAN HATLER

Serie: Ein neuer Versuch für ein Date

Das eine Million-Dollar Date

Das Doppeldate Desaster

Das Date mit dem Nachbarn

Das Rettungsdate

Das Fashiondate

Es war einmal ein Date

Das Insel-Date

Ein Date in der Stadt

Das Date-Versehen

Das Dekadenz-Date

Serie: Liebe in Christmas Mountain

Der Weihnachtskompromiss

Es war der Kuss vor Weihnachten

Ein zuckersüßes Weihnachten

Ein falscher Ehemann zu Weihnachten

Der Weihnachts-Wettbewerb

Serie: Die Hochzeitsflüsterin

Die Hochzeitsbrosche

Der Hochzeitsverbindung

Mein Hochzeitsdate

Die Hochzeitswette

Das Hochzeitsversprechen

BÜCHER VON SUSAN HATLER

Serie: Lieber ein Date als nie

Liebe beim ersten Date

Wahrheit oder Date

Mein letztes Blind Date

Rette dieses Date

Perfektes Date auf Umwegen

Lizenz zum Date

Zum Date getrieben

Hauptsache up to date

Ein Déjà-Date

Ein Date und nix wie weg

Serie: Blue Moon Bay

Das Zweite Chance-Inn

Das Schwesterschafts-Versprechen

Der Star-Traum

Das Freundschaftscottage

Die Weihnachtshütte

Die Hoppla-Insel

Die Hochzeitsboutique

Der Weihnachtsladen

BÜCHER VON SUSAN HATLER

Serie: Montana-Träume
Das freundlichste Festival
Das atemberaubende Abendessen
Die schönste Boutique
Der unvergessliche Berg
Die herrliche Hochzeit
Die glücklichste Wanderung
Die süßeste Überraschung

Jugendromane
Erschüttert
Das Herzblatt-Dilemma
Sieh mich